KB063584

도파민

지은이 **박지현**

바다를 좋아합니다. 찰나와 순간의 풍경, 눈에 보이지 않는 것을 바라본 후에 글로 씁니다. 현재 아홉 프레스 출판사를 운영하며 네이버 오디오클립 [크래커스북]에서 책을 소개하고 서울과 일산, 수원의 독립서점과 도서관에서 [나만의 책 만들기] 클래스를 진행하고 있습니다.

저서로는 『나의 포근했던 아현동』,『Anywhere; 어디에서나』, 『스콜라 시리즈 1. 바다가 필요한 이유』, 『세 개의 단어, 그리고 십 분』, 『스키터 (엄마는 당연했고, 가족들은 당황했던)』이 있습니다.

도파민
세 개의 단어, 그리고 십 분 2

1판 1쇄 발행　2023년 6월 14일

지은이　박지현
편집　박지현
교정교열　다미안
표지 그림　함조이

펴낸곳　아홉 프레스
주소　고양시 일산서구 탄중로101번길 33-31

전자우편　sah00247@naver.com
SNS　www.instagram.com/ sah00247
www.instagram.com/ ahhope_press

ISBN　979-11-963615-6-3 (03810)

D
OPA
MINE

세 개의 단어, 그리고 십 분

2

프롤로그

“지금 떠오르는 단어를 세 개만 말해주세요.”라는 다소 쑥스러운 질문에 다정히 답해주었던 이들 덕분에 시리즈의 첫 번째 책을 만들 수 있었습니다. 그로부터 3년이 지났네요.

이번 시리즈에서는 아이디와 이메일 주소, 그날의 안부를 묻는 질문의 답변을 제외하고 직업도, 사는 곳도, 얼굴도 전혀 알지 못하는 이들이 온라인 설문지를 통해 보내준 단어들을 바탕으로 이야기를 써냈습니다. 당신이 건넨 단어는 소설 속에서 바닷물이 되기도 하고 택배 기사가 되기도 했으며 헝클어져 있는 감정이 되기도 했습니다. 그리고 초단편 소설로 시작하여 그림과 대본 형식으로 이어졌죠.

두 번째 책에서도 다양한 이야기를 적어 내려갈 수 있었던 건 이 글을 읽고 있는 당신 덕분이었다고, 감사하고 고마운 마음을 가득 담아 보냅니다.

2023.06.
시리즈를 이어가며.

대본

소설과 그림

키오스크

주어진 단어

등산

와인

종로

작성 시간

13분 23초

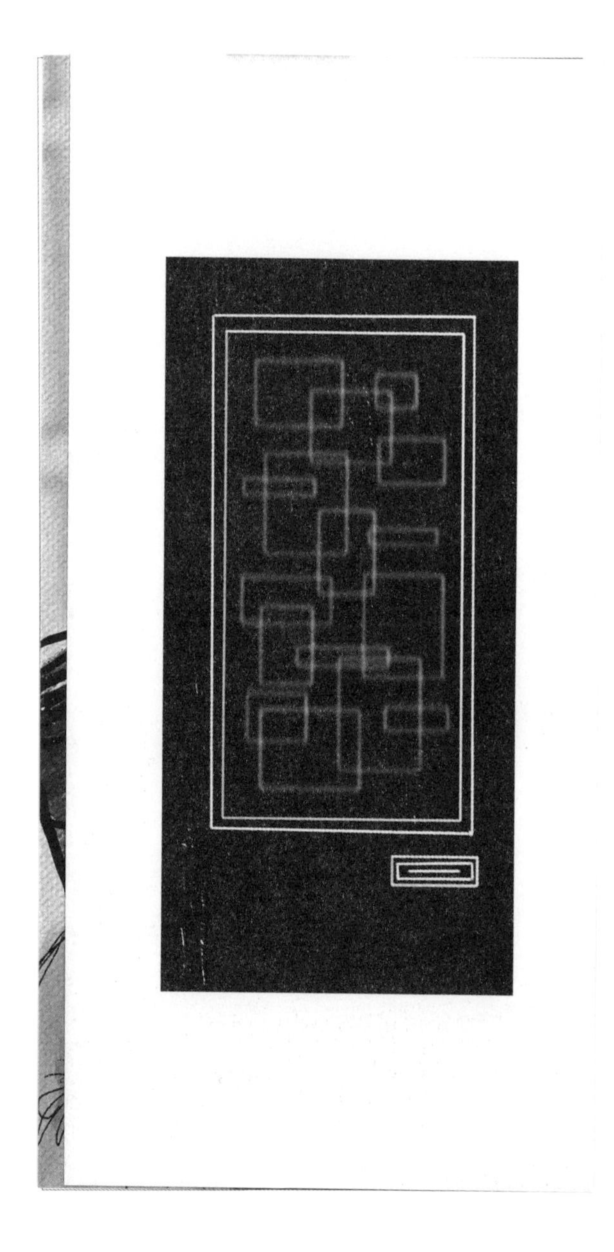

나 참, 이젠 얘가 세상을 지배하려나 보다. 이것에 익숙하지 않은 세대는 어쩌라고 상점에 턱 하니 갖다 두고 '알아서 하세요'라는 식으로 나 몰라라 하는 건지. 스마트폰까지는 이것저것 누르다 보니 익숙해져서 노인정에서는 신세대라는 소리까지 들었는데, 이것 앞에만 서면 처음 바다를 본 사람처럼 얼음이 된다. 심지어 예전보다 키도 훨씬 커졌다. 커진 만큼 선택지도 무궁무진하게 늘어나 있었다. 부들거리는 검지 손가락을 들어 화면의 '시작하기'를 눌렀지만 뭐가 잘못된 건지 결제 화면으로 넘어가지 않았다. 안경을 이마까지 올리고 허리를 숙여 화면에 다가갔다. 거의 코가 닿을락말락한 거리에 서서 버튼을 눌렀는데 갑자기 물건이 추가되어 담겼다. 하단에 표시된 금액이 '18,000원'이었는데 갑자기 '87,500원'으로 바뀌었다. 상점에는 직원 한 명 없이 고요하다. 뒤쪽에 전원 버튼이 있나? 코드를 뺐다가 다시 꽂아야 하나?

'그 노인네는 여기에 이런 게 들어왔으면 말을 해줘야지. 괜히 이리로 왔잖아!'

아니다. 지난주에 얼핏 들었던 것도 같다.
노인정 사람들과 등산을 마치고 내려오면서 종로 뒷골목 가맥집에 갔다. 다 같이 막걸리를 한잔 걸치는 자리에서 지호 할아범이 햄버거집에서 있었던 일을 대결에서 승리라도 한 것처럼 자랑하듯 얘기했다. 모두 '우와' 하며 손뼉을 치고 눈을 휘둥그레 떴다. '저 노인네, 옆 사람이 하는 거 따라 했거나 뒷사람한테 물어봐서 성공했겠지.'라고 생각하는 걸 들키기라도 한 듯이 서준은 한쪽 입꼬리를 올리고 잠자코 이야기를 들었다.

"아니, 요즘 그거 사용 못 하는 노인네들이 많다고 하더라고. 근데 나는 애들한테 전화해서 물어보지도 않고 옆에 점원도 안 불렀어. 그리고 햄버거 하나 클릭하고 감자튀김 하나 클릭했더니...."
"누르는 거야 쉽지요. 근데 소스는 뭘 선택할 거냐, 뭔가 누르면 다시 햄버거 그림이 막 뜨고 포장할 거냐고 또 뜨고, 갑자기 자동차 그림이 뜨고 그러잖아요. 그게 어렵던데."
"맞어. 마지막에 포장 봉투 같은 그림이 있더라고. 그걸 눌렀더니 카드 그림이 나오면서 꽂으라 하데? 그래서 카드를 꼽았더니 띠링 하고 영수증이 나오더라고."

“이야, 지호 할아범은 완전 신세대네!”
“옆에 젊은 사람들이 놀라더라니까. 요즘
종로에도 그 기계가 있는 곳들이 많아. 하다가
모르면 다들 전화해요.”
‘카드 꽂는 방향도 몰라서 여러 번 뺐다 꼈다 했을
거면서 그 얘기는 쏙 빼놓고.’

노인정에서 스마트폰을 비롯한 각종 기계를 잘
다루기로 지호 할아범과 나 사이에 ‘신세대’
타이틀이 걸린 묘한 경쟁 구도가 생겨났다.
자랑하듯 얘기하는 모습에 자존심이 상했다. 나도
며칠 전 영화관에 가서 기계로 표를 끊어 영화도
봤는데.

그래서 평소 먹지도 않는 와인을 사러 큰맘
먹고 왔건만. 결제 창에서 막혀버리다니. 아니,
나는 돈을 내고 싶다고! 다른 건 필요 없는데
왜 자꾸 선택하라고 뜨는지 모르겠다. 노인정에
갈 시간도 점점 다가오는데, 이 와인 한 병 사기
위해 코트도 입었는데. 자존심 버리고 지호
노인네한테 전화해봐야 하나? 아니지, 먼저
여기 상점 주인은 어떻게 부르나. 덩그러니 서서
한 손엔 와인을, 다른 한 손에 휴대폰을 들고
망설이고 있다. 그런데 아까부터 상점 유리창
밖으로 하늘색 원피스를 입고 머리를 야무지게
묶은 꼬마 여자아이 하나가 나를 뚫어져라 보고

있다. 이 와인 상점에 들어오기 전에 한 번 눈을 마주치고 별생각 없이 지나갔는데 아직도 그 자리에 있다. 갑자기 이마와 등에서 식은땀이 흘렀다. '태연하게, 자연스럽게 하는 척하면서 뒤는 돌아보지 말아야지.' 생각하고 있는데 와인 상점 문을 열고 아이가 들어왔다.

구멍

주어진 단어

묶음

결

정적

작성 시간

10분 03초

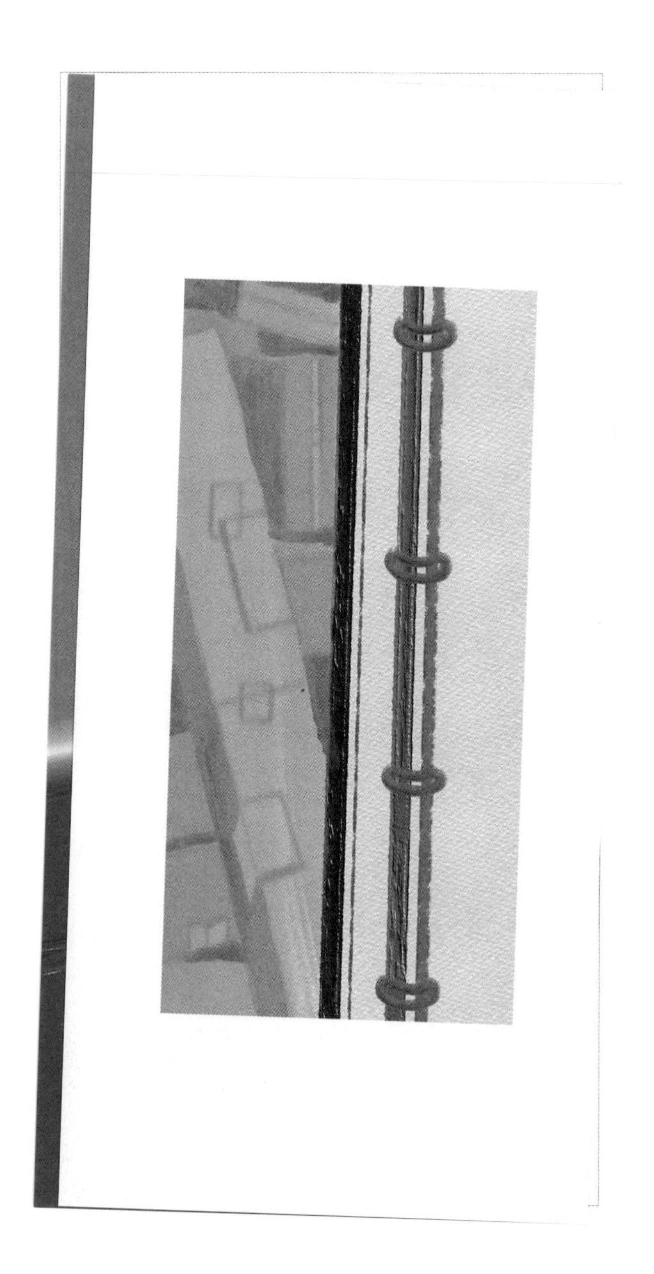

화물칸이 활짝 열려 있다. 무얼 뜻하는지 모를 벽면의 숫자 사이로 상자가 쌓여 있다. 헬스장에서 볼 법한 몸에 딱 붙는 소재의 스포츠 상의를 입고 있는 자영이 끌차 위로 상자를 꺼내 쌓기 시작한다. 이어 배달을 마치고 내려온 민준도 지체 없이 일을 거들었다.

"8동만 배달하면 오늘은 끝인가?"
"응, 이제 물건도 없다."

그의 짧은 발음을 들으며 가계부에 '정산할 게 없다'라고 써야 할 것을 '정산할 게 업다'라고 적고 있는 걸 보고 소리는 안 나지만 받침에 시옷도 적어야 한다고 얘기했더니 귓불까지 빨개지던 며칠 전의 민준이 떠올랐다. 계속 자리에 있다가는 나도 모르게 웃음이 터질 것 같아 큼큼대며 상자를 들고 8동으로 뛰듯이 도망갔다.

엘리베이터 문이 열리고 '801호'라 쓰여 있는 현관문 앞에 박스를 내려둔 자영은 휴대폰을 꺼내 발송 완료 문자를 보냈다. 그 작은 소리를 들었는지 아래층에서 배달을 마친 민준은 계단 손잡이를 톡톡 두드려 해당 동의 배달이 모두 끝났음을 알려줬다. 주머니에 휴대폰을 넣고 내려가려는데 택배 상자가 옆으로 삐뚤어져 있는 걸 발견했다.

'아까 똑바로 둔 것 같은데? 모르고 발로 건드렸나?'

고개를 갸웃거리며 상자를 치워보니 아까는 보이지 않았던 주먹만 한 크기의 구멍이 문 아래쪽에 나 있다. 우유갑을 넣기엔 폭이 좁고 고양이 같은 동물이 지나다니기엔 높이가 낮았다. 구멍 안쪽은 어두워 보이지 않았고 미세한 찬바람이 새어 나왔다. 분명 실내로 이어지는 구멍이었지만 뒤에 공간이 없는 것처럼 느껴졌다.

"여보, 잠깐 올라와 봐."
"왜? 택배에 문제 있어?"
"이 집 현관문 아래쪽에 구멍이 나 있어."
"우유 배달 구멍 아냐? 아니면 키우는 동물이 지나다니라고 만들었거나."
"그러기엔 구멍이 크지 않아? 막아두는 장치도 없고."
"상자로 대충 막고 가자."
"아니, 느낌이 이상해서 그래."

줄곧 계단 밑에서만 이야기하던 민준이 의아한 표정을 지으며 올라왔다.

“진짜 이상한 구멍이지?”
“박스 테이프로 좀 막아둘까?”
“나중에 주인집에서 뭐라고 하면 어떡해.”

그때 칠흑 같이 어두운 구멍에서 동그란 무언가가 슥- 하고 나왔다가 순식간에 사라졌다. 두 사람 사이에 정적이 흘렀다.

“방금 뭐야? 동그란 거 지나갔지?”
“…쥐인가?”
“이 구멍 진짜 그냥 둬도 되는 거야?”

아무래도 이상했다. 아파트 8층에 이런 구멍이 왜 나 있는지, 구멍 앞에 상자를 놓아두면 막지 말라는 듯이 계속 틈이 벌어지는 것도 그렇고, 뭔지도 모를 것이 계속해서 눈 깜짝할 새 지나다닌다. 심각한 표정으로 서 있는 두 사람을 조롱하듯 구멍에서 무언가가 또다시 빠르게 지나갔다.

“방금 노란색이지 않았어?”

경우의 수

주어진 단어

병아리

노랑

동전 지갑

작성 시간

13분 18초

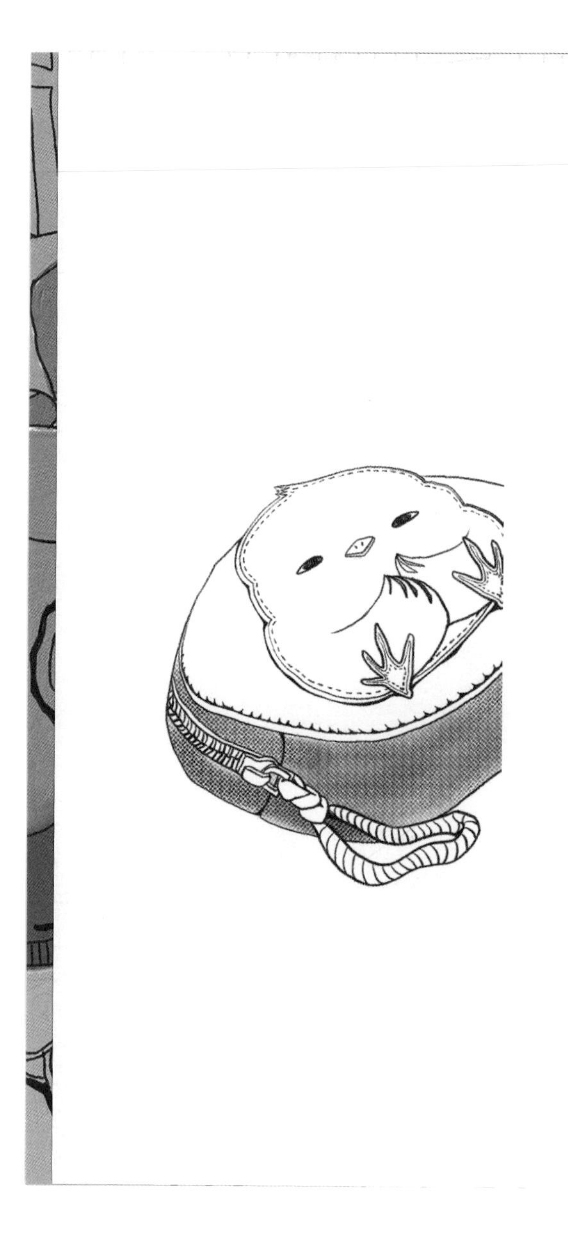

"그렇게 황망한 죽음이 있어그래…."
"…와주셔서 감사합니다."

지금 앞에 서 있는 사람이 누군지 모르겠다. 그저 아까부터 계속 인중에 맴돌고 있는 인공적인 향 냄새가 싫었고 '황망하다'라는 단어가 주는 지독한 냄새는 정신을 혼미하게 했다. 손가락에도 발가락에도 힘이 들어가지 않았다. 불과 한 시간 전만 해도 새로 바꾼 폭신한 침구 위에서 입을 벌리고 자고 있었던 것 같은데. 휴대폰은 어디에 두었더라.

두 팀 정도가 인사를 하고 돌아가니 손님이 끊겼다. 잠시 벽에 등을 대고 앉아 겨우 고개를 들었다. 검은색 테두리의 액자 앞에 눈이 큰 병아리 캐릭터가 그려진 노란색의 동전 지갑이 놓여 있다. 누가, 언제 저 위에 갖다 둔 건지 짐작조차 가지 않는다. 그때 옆 호실을 방문한 조문객들 사이에서 큰 소리로 울부짖는 목소리가 식장을 가득 채웠다. 갑자기 헛구역질이 올라와 입을 틀어막고 구두의 뒤축을 구겨 신고는 빠르게 밖으로 나왔다.

병원과 장례식장이 붙어 있다 보니 정문이고 뒷문이고 할 것 없이 들어가겠다는 차들로 혼잡했다. 뒷문의 주차장 쪽으로 조금씩 걸음을 옮겼다. 3차선 도로의 한가운데에서 열심히 수신호를 펼치고 있는 안내 요원의 분주한 모습이 보였다. 아침이라 출근을 하는 사람들까지 더해져 경적 소리가 순식간에 불어났다. '장례식장'이란 간판이 보이지 않는 길가에 섰다. 가로수 나무에 등을 기대고 입을 틀어막았던 손을 내렸다. 전화를 받고 정신없이 나오는 통에 하단이 이리저리 구겨진 셔츠는 그림자에 따라 흰색이 아니라 회색처럼 보이기도 했다. 바지에 넣지도 못한 셔츠와 반쯤 풀린 검은 타이, 헝클어진 머리와 창백한 얼굴은 전날 옷을 입고 잠들었다가 바로 일어나 나온 사람 같았다. 셔츠 깃에 배어 있는 향 냄새가 아주 옅게 올라와 또 구역질이 났다.

"저기요, 옆으로 좀 비켜주세요."

누군가 어깨를 툭툭 쳤다. 바닥에 놓아둔 시선을 오른쪽 어깨로 옮겨 사람을 마주했다. 영문을 모르겠다는 표정을 지었더니 그는 바쁘다는 듯 시선을 흘기며 다시 한 번 말했다.

"화환 내려야 하니까 옆으로 조금 비켜달라고요.

여기 서 계시면 다쳐요.”
“아….”

내가 있는 곳으로부터 두 걸음 떨어진 곳에 작은 트럭이 비상등을 켜고 서 있다. 살짝 옆으로 비켜 섰다. 그가 트럭 문을 열자 하얀색 국화가 빽빽하게 꽂힌 키 큰 화환이 여러 개 보인다. 지탱하고 있는 가운데 나무목을 잡고 능숙하게 화환을 내리는 그의 솜씨가 눈에 들었다. 새하얀 화환을 3개 정도 내렸을 때 트럭 안쪽에서 한참을 나오지 않던 그가 전화를 걸어 누군가와 통화하는 소리가 들려왔다.

“…아니, 정말 장례식장으로 배달되는 게 맞아요? 아니, 뭐가 잘못되었다는 게 아니라 꽃이 노란색이니까 그렇죠. 나 참. 이런 건 또 처음이네.”

통화를 마친 그가 투덜거리며 안쪽에서 갖고 나온 화환은 정말 어디서도 본 적이 없는 노란색 화환이었다. 결혼식장같이 축하를 하기 위한 자리에나 보내질 법한 화한이 장례식장으로 배달되니 여러 번 확인할 만한 외양이었다. 큰 국화도 아니고 엄지 손톱만큼 작은 노란색의 들국화가 빽빽하게 꽂혀 있는 화환은 어디서도 눈에 띌 듯했다. 그가 화환을 바닥에 내리자 또다시 전화가 걸려왔다.

“…몇 호로 갖다 주면 된다고요? 호실을 모른다고요? 받는 분 이름은요. 소영이요. 성은요? 지소영이요. 알겠습니다. 올라가서 확인하고 전화드릴게요.”

“방금 누구라고….”

셔츠에 배어 있는 향 냄새가 또 올라오기 시작했다. 속이 울렁거렸다. 엄지와 검지로 코를 틀어막고 기사에게 다가갔다.

“지소영에게 배달 온 화환인가요?”

“가족분이세요?”

“누가 보낸 건가요?”

“보내신 분이 이름은 이야기를 안 하시던데. 앳된 목소리의 여자였어요. 옆에서 아이가 몇 번 울었던 걸 보면 엄마인 것 같던데요.”

“방금 전화하셨던 분 연락처 좀 주세요.”

“안 됩니다. 진짜 아는 사람 맞아요?”

조수석

주어진 단어

별

책상

낯선 사람

작성 시간

15분 05초

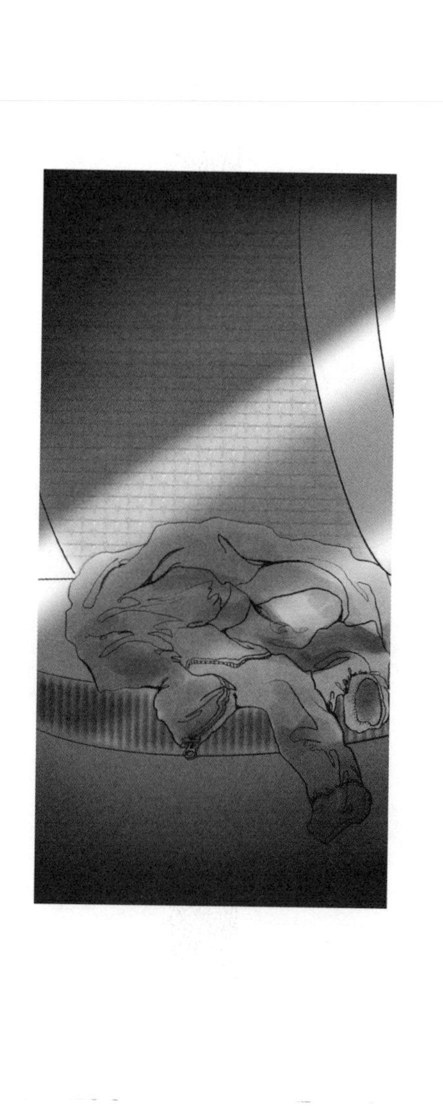

“이번 달 스케줄표 나온 거 봤어요? 처음 와서 고생하겠다 싶던데.”

누군가 했더니 8호차 기사님이다.

“밤에 운전해서 애들 내려주는 게 생각보다 쉽지 않지요?”

머쓱한 뒤통수를 긁적였다. 일을 시작한 지 일주일도 안 되어 모든 게 낯설었다. 그때 종소리가 들려왔다.

“이제부터 일 시작이구먼. 10호차 오늘도 고생해요.”
“네. 감사합니다.”

공부를 그만두기로 마음먹고 새로운 곳으로 이사를 한 곳에 유일하게 남아 있던 일자리이기도 했지만 종이 치면 우르르 나오는 아이들을 보는 게 좋았다. 겹겹이 문제집이 쌓인 책상이 힐끗 보이는 것도.

버스에 시동을 걸어두고 출입문 옆으로 걸어가 '유진 관광버스'라는 글자가 큼직하게 박혀 있는 홍보 카드를 꺼내 '대명학원'이란 글씨 옆으로 교복을 입은 아이가 문제집을 들고 있는 사진이 든 홍보 카드로 바꿔 끼웠다. 카드를 돌돌 말아 조수석 발치에 넣어두고 오늘의 순환 코스와 스케줄표를 다시 펼쳤다.

"안녕하세요... 엥?"

'안녕-' 하고 인사를 하기도 전에 뒤따라온 친구에게 말을 건네는 아이들 때문에 정신이 없다.

"야, 10호차 아저씨 바뀌었는데?"
"안녕하세요? 뭐야. 낯선 아저씨네."

아이들에게 나는 낯선 사람, 낯선 아저씨, 낯선 통학 버스 기사다. 안전벨트를 매라고 하기도 전에 아이들이 운전석으로 우르르 몰려왔다. 순간 '아차!' 하는 생각이 스쳤지만 조수석까지 몰려온 아이들이 작게 탄성을 지를 때 깨달았다. 들켰다. 이 버스 안에 나 말고 또 다른 낯선 것을 발견한 아이들이 소란스럽게 떠든다. 조수석에 가지런히 놓인 점퍼가 살짝 움직인다.

“뭐예요, 이 고양이는?”
“여기 고양이 있어!”
“이름이 뭐예요?”
“눈이랑 똑같애. 하얀색 털이야! 근데 왜 고양이 위에다가 점퍼를 덮어 놨어요?”
“나도 우리 몽이 데리고 학원 올래!”
“얘들아, 제발 비밀로 해줘. 제발!”

별이를 깜빡 잊었다. 나이가 많고 눈이 보이지 않아 몸을 둥그렇게 말고 온종일 혼자 자고 있는 게 안쓰러워 조수석에 태워 데리고 다닌 게 습관이 되어 까맣게 잊고 있었다. 집보다 차 안을 더 편안해하는 별이를 위해 조수석 의자의 팔걸이를 빼고 평평하게 의자의 단을 맞춰 간단히 개조하고 위에 두툼한 점퍼를 두어 개 말았더니 작은 움막처럼 보였다. 밖에서 보면 옷더미를 쌓아둔 것 같아 누군가 관심을 가질 것이란 생각을 하지 못한 게 실수였다. 아이들을 어떻게 구슬릴까 심호흡을 하며 생각했다. 학원 측에 이야기가 새어 나가면 더 이상 이곳에서 일을 못 할 수도 있다.

“얘는 별이야. 근데 이 친구는 잠자는 게 제일 중요하거든. 별이가 잘 수 있게 각자 자리에 돌아가자.”

아이들이 시무룩한 표정으로 점퍼에서 눈을 떼지 못한다.

“자자, 다들 앉아서 안전벨트 매고. 태양 사거리가 첫 번째 지점이야. 내릴 사람 준비하고.”

목소리를 낮게 깔고 눈에 힘을 주며 이야기하자 조잘거리던 아이들은 제자리로 돌아가 하나둘 멍하니 창밖을 바라보며 앉았다. 작게 한숨을 내쉬고 운전석에 앉아 벨트를 맸다. 아이를 데리러 온 학부모의 차량이 뒤엉켜 중심 도로로 나가기가 쉽지 않다. 기어봉 앞쪽에 놓인 스케줄표를 힐끗거리며 보고 있는데 운전석 뒤에 앉아 있던 한 아이가 조수석을 한참 바라보더니 말을 건넸다.

“아저씨, 저 휴대폰 좀 빌려주세요.”
“왜?”
“오구에게 전화하려고요.”
“오구?”

이름을 다시 한 번 불렀을 뿐인데 아이의 속눈썹이 파르르 떨린다. 슬쩍 눈치를 보며 핸드폰을 뒤쪽으로 넘겼다.

먼지와 손톱깎이

주어진 단어

커튼

안착

손톱

작성 시간

11분 57초

창문 사이로 들어오는 햇빛을 바라보며 서서히 몸을 일으켰다. 주방에서 물을 끓이는데 문득 거실에 양옆으로 길게 늘어선 커튼이 보였다. 상아색이었던 커튼에 옅은 회색빛이 물들고 있었는데, 일반적인 천이 아니라 카펫을 만드는 두꺼운 융단으로 만들어진 커튼이라 관리하는 게 쉽지 않았다. 매번 세탁해야지 했던 게 벌써 2년이 흘렀다.

컵을 내려놓고 소매를 걷었다. 오늘은 반드시 세탁을 하고 바깥에 말려둘 작정이다. 갖고 있는 것 중에 높이가 제일 높은 의자를 커튼 앞에 갖다 두었다. 양말을 벗고 위에 올라서니 눈 바로 앞으로 촘촘하게 걸려 있는 커튼과 커튼 핀이 보인다. 오른손으로는 커튼을 빼내 핀과 분리시키고, 고정되지 않은 커튼이 떨어지지 않도록 왼쪽 겨드랑이 사이에 넣어 한아름 안았다. 핀을 하나씩 제거해 나가는 동안 왼손은 점점 무거워지기 시작했다. 아홉 번째 핀을 뽑는 순간 왼손으로 지탱하고 있던 커튼이 와르르 떨어졌다. 무거운 소재의 커튼으로 인해 바닥에서 먼지가 풀썩거렸다.

손에 쥐고 있던 핀을 소파에 내려두고 걸레를 갖고 와 바닥의 먼지를 닦기 시작했다. 어느 정도 정리가 되었을 때 남아 있는 커튼 뒤쪽으로 손을 깊숙이 뻗는데 이상한 게 만져졌다.

'아야, 이 뾰족한 건 뭐야?'

커튼을 들춰 평소 손이 잘 닿지 않던 구석을 열어보니 크기만 다른 반달 모양으로 일정하게 잘린 손톱이 무더기로 쌓여 있었다. 입구가 넓은 휴지통에 손가락을 쏙 넣어 조심조심 손톱을 깎던 나와 달리, 그는 얇은 종이만 바닥에 깔아두고 손톱을 깎았다. 부러 힘을 주어 깎았는지 틱, 틱 소리를 내며 사방으로 튀어나가던 손톱이 여기로 모인 것 같았다. 떨어진 커튼을 조금 더 걷어보니 잘린 손톱 위에 손바닥보다 작은 귤이 있다.

'아니, 근데 이거 새싹이야?'

믿을 수 없었다. 손톱 위에 살포시 놓인 귤의 꼭지 옆으로 작은 새싹이 돋아나고 있었다.
그때 발톱을 깎다 말고 그에게 질문을 했던 게 기억났다.

"발톱을 화분에 올려두면 영양분이 될까?"

아무 생각 없이 던진 말에 그는 대답했다.

"발톱이 영양분이 되는 게 아니라, 화분이 여기 있다는 사실을 잊지 않으면 이 아이에겐 영양분과 같을 거야."

어처구니없게도 언제였는지 기억도 안 나는 그 장면이 떠올랐다.

'그게 진짜였다고?'

정말 손톱이나 발톱이 영양분이 된 걸까? 반달로 잘려 있어 자칫 파고들었으면 귤피가 찢어져 썩거나 새싹이 나기도 전에 냄새로 먼저 발견하고 버렸을 수도 있는데, 몇 년이 지나는 동안 이곳에서 조용히 자라고 있었다니. 귤에서 새싹이 난 걸 보는 것도 처음이고, 잘라낸 손톱과 발톱이 커튼 밑에 깔려 있는 걸 지금까지 몰랐던 것도 당황스럽다. 그의 물건은 일찍이 모두 정리했건만 아직도 집에 남아 있는 것이 있었다니. 의자에 걸쳐둔 후드 티를 입은 주연은 앞주머니에 휴대폰을 넣고 손에 귤을 올려둔 채 현관문을 열었다.

표제

주어진 단어

서점

와인

코리빙하우스

작성 시간

12분 56초

입김이 나온다. 카페를 마감하고 나오기 전까지는 추운지 몰랐는데, 이젠 새벽녘에도 찬바람이 분다. 상가에서 유일하게 불이 켜진 편의점에 들러 삼각 김밥을 한 줄 샀다. 삼각형의 가운데를 분명하게 가르고 있는 빨간 줄을 힘껏 잡아당겨도 비닐에 김이 붙어 있는 채로 떨어져 흰 쌀밥이 선명하게 드러났다. 아무리 뜯어도 익숙해지지 않는다.

쌀밥을 우걱우걱 씹으며 걷고 있는데 셔터가 반쯤 내려가 있는 건물의 유리문 사이로 아주 옅은 빛과 함께 말소리가 흘러나왔다. 가로등을 제외하곤 적막하다 못해 휑한 이 거리에서 빛과 말소리를 들은 건 몇 년 만인지. 나도 모르게 문 앞에서 걸음을 멈췄다. 씹고 있던 쌀밥이 목구멍으로 꿀떡 넘어갔다. 셔터가 내려온 건물의 벽면을 보니 빨간 벽돌 위에 '책'이라고 쓰여 있다.

'서점…인가? 이곳에 서점이 있었나?'

잠시 걸음을 멈춰서 입김을 뱉었다. 이곳에

서점이 있었다면 모를 리가 없었을 텐데. 언제
생긴 걸까? 입구에 서서 기웃거리고 있는데
안쪽에서 연달아 웃음소리가 들려온다. 틈으로
새어 나오는 불빛이 따뜻하게 느껴진다.

'한번 들어가 볼까....'

쑥스러움을 많이 타는 성격 탓에 모기보다
작은 목소리로 웅얼거리며 주문을 받아 손님을
답답하게 만들곤 했던 내가 길을 걷다가 모르는
가게에, 심지어 어떤 사람들이 안에 있을지
모르는 상황에서 가게에 들어가 보고 싶다고
생각하다니. 눈을 질끈 감고 셔터를 반쯤 위로
올려 유리문을 열었다.

빛과 소리가 나는 쪽으로 발걸음을 천천히 옮길
때마다 양옆의 책장에 빼곡하게 꽂혀 있는 책과
바닥에 쌓아둔 책들을 피하기 위해 까치발을 들고
걸어야 했다. 내부가 크지도 않은데 웬만한 대형
서점에 있는 책을 모조리 갖고 온 듯 보였다.
주위가 점점 밝아져 오면서 사람들의 소리도
커졌다.

빼곡하게 쌓인 책과 책장 사이에 원형으로
둘러앉은 세 명이 보였다. 긴 머리카락을 온통
곱슬곱슬하게 파마한 여자 한 명과, 얼굴보다

두 배는 큰 안경을 끼고 있는 남자, 정수리 끝부분에 또아리를 만들어 머리를 틀어 올린 여자 한 명까지. 그들의 발치 가운데에는 이미 비어버린 와인병 두 개와 반쯤 남아 있는 와인병 한 개, 먹다 남은 아몬드 조각이 놓여 있고 작은 손전등에 종이컵을 하나 엎어두었다. 하지만 잔은 어디에도 없었다. 일행 중 한 명이 나를 발견하곤 눈을 반짝이더니 말했다.

"여기 앉아요."

누군지, 여기에 어떻게 들어왔는지 묻지도 않는다. 내가 멀뚱하게 서 있자 남자는 자신의 다리를 세우더니 옆에 있던 책을 뒤로 밀어두며 앉으라는 시늉을 했다.

"몇 호에 살아요?"
"여기 안 살아요. 근처 학교에 다녀요. 카페 일이 끝나고 돌아가던 길에 빛이 보여서 와봤어요."
"우린 여기 살고 있어요."
"언니, 그렇게 얘기하면 이 책 속에 살고 있는 사람처럼 보이잖아요."
"그것도 틀린 말은 아니지."
"미안해요. 와인을 좀 마셨더니. 우린 이 서점 위에 살아요. 코리빙하우스라고 알죠? 공유 주택."

"실제로 살고 있는 사람들은 처음 만나봐요."

느닷없이 날아오는 질문과 답변 때문에 정신이 없다. 그런 나를 바라보고 있던 여자가 입을 뗐다.

"나도 여기에 당신처럼 우연히 들어왔었어요. 검은 거리에 유일한 빛은 여기뿐이었거든요."
"그때 처음으로 제이를 만난 거지? 걔가 뭐라고 했었다고?"
"책 사이에서 와인 한잔 하겠냐고!"
"깔깔. 그리고는 와인 한 병이랑 책 다섯 권을 갖고 왔다고 했나?"
"아, 제이는 여기를 만든 사람이에요."
"언니, 그때 제이가 어떤 책을 줬었는지 기억나요?"

그러자 여자는 취기가 올랐는지 픽 하고 웃으며 책장 쪽으로 몸을 기울였다가 이내 똑바로 앉더니 말을 시작했다.

"9-1-1 하고 66, 그리고 박-78 하고 니은."
"네?"
"미안해요. 이제 취기가 올라오나 봐요."
"아냐, 안 취했어요. 그거랑 청 8-1-8에 박-78 하고 시옷 책도 같이 줬다고."
"책 제목을 이야기해 줘야지. 그렇게 말하면 못

알아듣잖아.”
“제이가 준 책은 표지가 정상적인 게 하나도 없었어요. 원 제목이 뭔지 보이지도 않게 종이로 표지를 꽁꽁 감싸두고 그 위에 아까 얘기한 숫자랑 한글을 삐뚤빼뚤하게 적어놨다니까? 나도 처음엔 무슨 책인가 했다고.”
“제이는 만나는 사람마다 같은 책을 추천해줬던 걸까?”

알 수 없는 이야기를 듣다 보니 제이라는 사람이 점점 궁금해진다. 그가 멋대로 제목을 바꿔버린 책은 어떤 것들이었을까 생각하던 찰나, 책장 너머까지 비추고 있던 작은 손전등의 불빛에 비친 사람 모양의 그림자가 점점 가까이 다가오고 있었다.

셈

주어진 단어

양배추

차

벚꽃

작성 시간

18분 48초

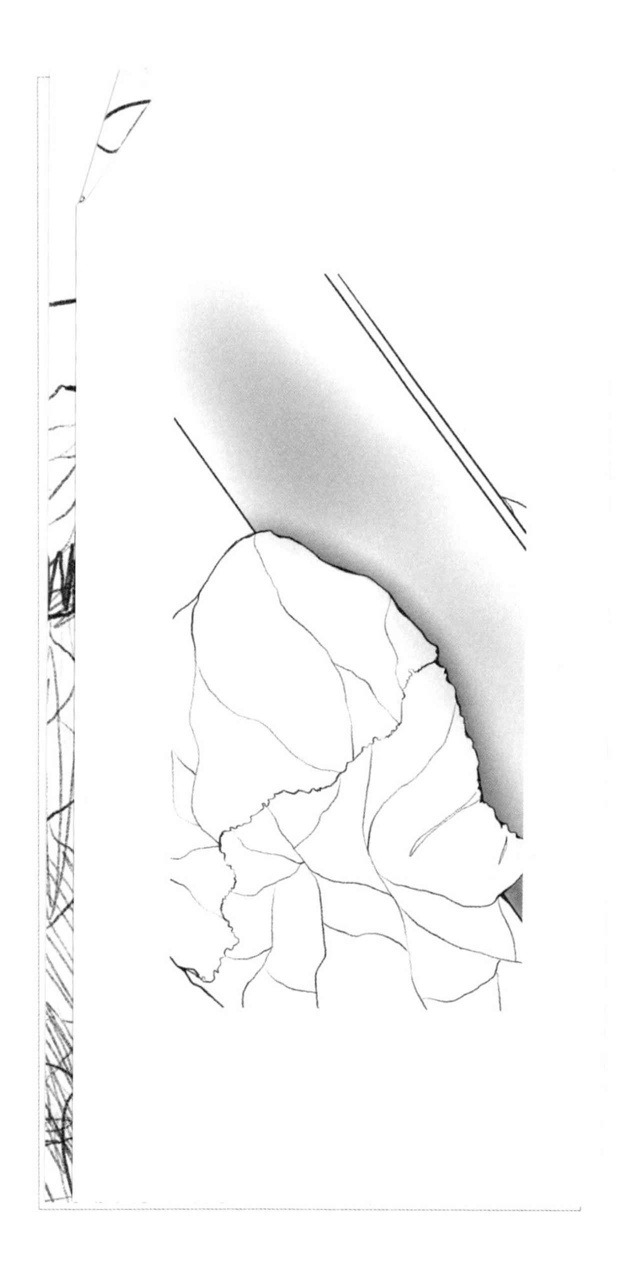

"이 동네 아줌마들은 너무 드세. 운동만 하고 집에 가면 되지, 무슨 말이 그리 많은지!"

스피커폰으로 해두었더니 쩌렁쩌렁하게 울리는 소희 언니의 볼멘소리에 웃음이 터졌다. 이사를 오면서 원래 다니던 모임에서 나와 새로운 운동 모임에 등록했는데 아줌마들의 텃세가 심하다며 매일 전화를 걸어왔다.

"아니, 내가 앞자리에 서겠다는 것도 아니고 뒤에서 조용히 운동만 하겠다는데 따로 남아서 연습을 더 하라는 거 있지?"
"새로 간 지 얼마나 되었다고.... 그렇게 안무를 금세 익히라고 그러나."
"말을 해도 좋게 하면 되지. '언니는 조금 더 연습하시고 참여하셔야죠~'라나. 지보다 내가 세 살이나 많은데. 이름이 유정이라고 전에 연이 엄마가 다니던 곳에서 반장 했었다던데 맞아요?"

칼질을 멈췄다. 이번엔 웃음이 나서가 아니었다. 고청동에서 제일 큰 다이어트 댄스 연습장을 다닐 때 처음 만난 사람이었다.

"...거기선 안 그러겠죠."
"뭘. 원래 그랬던 사람이 여기라고 뭐가 바뀌어? 계속 들려오는 게 많으니 참."

반토막이 난 양배추가 천장을 보고 벌러덩 누웠다. 저녁을 준비해야 한다는 핑계를 대고 서둘러 전화를 끊었다. 심지 안쪽으로 엄지손톱만 한 썩은 부분이 있다. 겹겹이 쌓인 양배추는 겉으로 보기엔 상처나 썩은 부분이 보이지 않는다. 반으로 가르고 속을 열어 봐야만 마주할 수 있다.

"언니는 어쩜 그렇게 차분해요? 나중에 나랑 꼭 차 한잔 해요."

유정은 처음이라 어색했던 운동 모임에서 제일 먼저 내게 말을 걸어주던 사람이자 반장이었다.

"여기 벚꽃이 참 예쁘다. 여기 서봐요, 언니. 사진 찍어줄게. 아이, 너무 예쁘다!"

길을 걸으면서 쉬지 않고 나를 위해 셔터를 누르던 그녀는 집안일을 제외하면 자신의 전부가 '운동 모임'이라며 조잘댔다. 열성적인 만큼 모임의 강사와 회원들의 신뢰를 한껏 얻은 그녀였지만 반면에 시기하는 이들도 있었다.

처음엔 새로운 사람들과 친하게 지내다가
'카더라' 같은 풍문을 옆집이고 앞집이고
퍼뜨리고 다니고, 걸리면 매번 '아니다'로
발뺌하는 모습에 사람들이 먼저 지치기 시작했다.

운동에 등록하기 전부터 자기와 불화가 있던 민주
엄마와 가까이 산다는 이유로 행여 내가 그녀와
친해질까 노심초사하던 유정은 어느 날부턴가
그녀에 대한 험담을 말하기 시작했다. 장바구니의
물건 품목부터 커피 취향까지 하나같이 촌스럽고
경제적이지 못하다며 이야기를 시작했지만 그런
것들은 그저 그녀를 깎아내리기 위한 화젯거리에
지나지 않았다. 후에 유정이 자신의 이야기를
하고 다닌다는 소문을 듣게 된 민주 엄마가
유정의 머리카락을 한 움큼 잡으면서 격한
싸움이 벌어졌고, 결국 두 사람이 모두 운동을
그만두었다. 유정은 얼마 지나지 않아 새로운
센터로 옮겼다는 이야기만 들었다.

양배추의 꼭지를 지나 안쪽으로 작은 곰팡이가
있는 게 보인다. 고개를 숙여 나무 도마를 다시
꺼내 올려두는데 휴대폰으로 걸려온 전화의
발신자 정보에 유정의 이름이 떴다.

체크리스트

주어진 단어

수족냉증

배고픔

아침

작성 시간

21분 20초

"너 같은 강아지가 어디 있니?"

우리 엄마는 항상 이 얘기를 하며 내 발을 어루만졌다. 어렸을 때 산에 갔다가 가시가 발바닥 속에 파고든 이후로 감기라도 걸리면 몸의 온도가 빠르게 내려갔다. 엄마는 그 후로 소파에 앉아 색색의 실을 사두고 자기 손가락만 한 코바늘로 열심히 뜬 뜨개 덧신을 매일 4개씩 만들었다. 산책이라도 갔다 오면 지면에 닿아 있던 발가락 부분의 실 사이로 구멍이 뚫려 발톱이 뾰족하게 튀어나왔다. 그걸 보고는,

"내가 너 때문에 일이 많아. 코바늘을 손에서 내려놓을 수가 없구나. 수족냉증이 있는 강아지라니."

그렇게 말하는 엄마의 표정은 항상 웃음을 띠고 있다. 일주일에 한 번은 뜨개실을 파는 곳에 데려가서 나를 세워두고 빨간색, 보라색의 실을 발치에 대보고 다시 바구니에 넣어두고 초록색을 꺼내 발치에 대보고를 반복했다. "다 잘 어울리네."라고 말하는 아주머니의 말은

귓등으로도 듣지 않고 실과 내 발만 번갈아보며 골랐다. 흰털과 갈색 털이 섞인 내 발에는 초록색이 제일 잘 어울렸는지 여러 가지 색을 고르다가도 결국 초록 계열의 실을 많이 샀다.

아침 내내 물 냄새가 진하게 나고 공기가 무겁더니 이내 굵은 빗방울이 툭툭 떨어지기 시작했다. 그때 갑자기 어제 마트 앞에서 봤던 게 떠올라 엄마를 졸랐다. 걔는 배가 많이 고파 보였다.

“아니 얘가 왜 이래? 옷을 끌어당기고. 아니, 얘 좀 봐. 그래, 어디로 가고 싶은 거니?”

집 안에서 흥흥 노래를 부르던 엄마가 우산을 펼쳐 들고 급하게 문을 열었다. 엄마를 이끌고 마트 앞으로 갔다. 걸어가면서 몇 번 물웅덩이에 발을 담갔더니 엄마가 떠준 뜨개 덧신이 젖어 푹 가라앉았다.

“얘가 네가 본 애니?”

엄마와 함께 박스에서 나와 꼬물거리고 있는 강아지를 쳐다봤다. 어제는 박스 안에 있었는데 어느새 밖으로 나와 있다. 코에는 얼룩덜룩한 검은 무늬가 있고, 아직도 자고 있는지 눈은 뜨고 있지 않았지만 입은 계속해서 오물거렸다.

“명절이라 며칠 동안은 이 근방에 아무도 없을 텐데.”

난처하다는 표정으로 나와 강아지를 쳐다보는 엄마를 물끄러미 올려다봤다. 작은 강아지가 누워 있는 자리에 빗물이 고이고 있었다.

집으로 데려온 강아지는 기침을 몇 번 했다. 엄마는 실과 코바늘을 잠시 소파 한쪽에 밀어두고 주방에서 나오지 않았다. 엄마는 그새 고소한 우유를 끓이고 따뜻한 물을 데워 페트병에 넣은 다음 수건으로 감싸 온기가 전달되게 했다. 집 안의 난방 온도를 최대한으로 높여두고, 톡톡 떨어지는 빗물이 열린 유리창을 통해 들어올까 문도 꼭 닫았다. 작은 강아지가 누워 있는 수건 밑이 따뜻해서 내 앞발도 넣어 두었다. 할 일을 마친 엄마가 소파 가운데에 털썩하고 앉았다.

“내가 너 때문에 차암 일이 많다.”
“끼잉....”
“우리 이 아이에게 잠깐 이름이라도 붙여줄까?”

폭주

주어진 단어

쾌락

도파민

음악

작성 시간

10분 05초

“뭐 들어요?”
“네?”

귀에 꽂고 있던 이어폰을 뺐다.

“야, 얘 좀 봐. 겁나 특이해. 운전하는 애가 차 안에서 스피커 놔두고 이어폰으로 음악을 들어.”
“스피커 고장 났어요? 우리가 좀 봐줄까요? 얘가 튜닝 전문인데.”

얘들을 몇 번 마주친 적이 있다. 평일 업무가 끝나고 자정이 되기 전이면 차를 몰고 북쪽으로 향했다. 속도 제한은 있어도 신호등은 없는 뻥 뚫린 도로에서 빠르게 지나가는 가로등을 불빛 삼아 달리다 보면 유일하게 남아 있는 휴게소가 보인다. 주차를 하고 달리면서 가빠진 숨을 몰아쉬다 보면 여기저기에 있는 그들이 보였다. 시동은 켜두었지만 라이트는 끈 채 차 밖에 나와서 모여 있는 아이들. 그들은 절대 혼자 오는 경우가 없었다. 한 차에 4명씩 팀을 이루고 있었고 남녀가 섞여 있는 경우도 있었지만 4명 모두 남자인 경우도 많았다. 거의 매주 모이는 것 같았다.

“뭐 해? 다들 곧 도착한대.”
“매주 혼자 오더라고. 팀이 필요한가 싶어서 말이나 걸어봤지.”

얘들은 나를 알고 있었다. 혼자 깊은 밤의 도로를 달린 지 1년 만에 처음으로 이야기를 나눴다. 근데 가까이서 보니 생각보다 훨씬 더 어려 보였다. 이제 막 스무 살을 넘겼을까 싶은 얼굴들. 그들의 뒤에 있는 차는 부모의 것은 아닌 것 같았다. 처음에 소문으로 들었을 땐 무조건 외제차만 모임에 가입하는 줄 알았는데 오히려 국산차가 대부분이었고 튜닝도 예전보다는 차분하게 하는 것 같았다. 뒤쪽에 주차되어 있던 차의 라이트가 켜지고 팝콘 튀기는 소리를 내며 시동이 걸렸다.

“아, 저 소리 들을 때마다 쾌락 쩔어.”
“저놈, 재촉하네. 야야, 준비해.”
“이거 물려받은 차예요? 아님 중고? 생각보다 차 관리를 잘했네. 안에 몇 개만 튜닝하면 집에 있는 스피커를 갖다 둔 것처럼 느껴질걸요? 진짜 해볼 생각 없어요?”
“아니요. 지금도 괜찮아요.”
“그럼 오늘 시합에 참여하는 건 어때요?”

"야, 팀원도 아닌데 무슨 시합이야. 말이 되는 소릴 해."
"우리도 지금쯤이면 뉴페이스를 받을 때가 됐지."
"생각 있어요?"

시합이라면 나도 달리면서 엔진으로 팝콘을 튀겨야 하는 건가. 그들을 멀리서 볼 땐 호기심에 가득 찼었는데 가까이서 보니 가슴 깊숙한 곳에 응어리져 있던 도파민이 동시에 분출되는 것 같았다.

"그럼 제 옆에도 누가 타나요?"
"오 생각 있어요? 오늘은 첫날이니까 내가 옆에 탈게. 너네는 영재 차로 가고."
"알았어. 규칙 잘 설명해줘."

이미 차에 타 있던 아이들에게 이야기를 했는지 운전석 창문이 내려가면서 안에서 누군가 소리쳤다.

"시합이라고 해서 규정 속도 안 지키는 거 아니에요. 카메라 앞에서 꼭 속도 낮추라고요. 딱지 날아와도 우린 책임 없어요."
"야야, 겁 그만 줘. 저는 은우예요. 이은우."

벨트가 잘 매져 있는지 만지작거리며 다시

확인했다. 우리의 차 뒤에 삼삼오오 모여 있던 아이들이 모두 각자의 차에 타고 이어서 하나둘 라이트가 켜지기 시작했다.

"아, 근데 이름이 뭐예요?"
"도재원이요."
"…진짜 이름이 도재원이에요?"
"네."
"형 있어요?"

라이트를 켠 차들이 클랙슨을 눌러대는 바람에 은우의 말소리가 잘 들리지 않는다.

"형 있냐고!"
"있었죠."

59분을 표시하던 전자시계가 00분으로 바뀌었다.

트레이싱

주어진 단어

심장박동

리듬

파란색

작성 시간

19분 43초

“아니야, 여기서 조금 위로 올라가면 좋겠어.”

소정이 입을 꾹 다물고 다시 작업실로 들어갔다. 벌써 일곱 번째. 또다시 위치 수정이다. 작업실 안에서 작은 한숨이 울려 퍼진 걸 들은 것 같다. 다시 도안을 오려 나온 소정이가 팔에 종이를 붙이며 말했다.

“뒤에 다른 손님도 있어. 시간 내에 끝내려면 열 번 내로 시안 확정하든가, 아니면 다른 날 와서 넉넉하게 결정하든가.”
“아냐, 오늘 할 거야. 마지막으로 한 번만 더 확인할게.”
“너 정말 이걸로 할 거지?”
“응.”
“근데 이거 무슨 그림이야?”

소정은 팔꿈치 위에 종이를 거울에 비춰보고 힘겹게 고개를 끄덕이는 내 모습에 이제야 한시름 놨다는 표정을 지으며 물었다. 아직 대답하지 말라는 듯 손짓을 하더니 검은색 시트의 간이침대를 펼쳐 이쪽으로 오라는 시늉을 했다.

이어 빠르게 자신의 트롤리를 끌고 와 이어폰 크기만 한 작은 염료 통을 꺼내고 아직 비닐 속에 들어 있는 바늘 상자를 꺼냈다.

"파란색 심장을 본 적 있어?"
"뭐?"
"나는 있어. 심장박동이 거세게 뛰니까 파란색 피가 돌아다니면서 붉은 혈관에 물들기 시작하는 거야. 파란색은 차가워 보이잖아. 근데 그 피는 전혀 차갑지 않았어. 오히려 따뜻했어. 희한하지?"
"무슨 말을 하는 거야. 좀 자. 시작할게."

팔에 새기고 있는 그림은 파란색으로 물든 심장을 그린 거였다. 불과 지난주에 직접 봤던 이야기를 그렸다. 소정이에게 말한 게 영 실없는 소리는 아니었다.

서울에 올라왔다며 다짜고짜 간이 상영회를 하게 나오라는 이야기에 실소가 나왔다. 3년 만에 전화해서 한다는 소리가 갑자기 영화 상영이라니. 여전히 덥수룩한 머리에 초록색 모자를 눌러쓰고 의자에 앉아 화면만 뚫어져라 쳐다보고 있는 그가 카페의 인파 사이로 보였다.

영화의 주 무대는 온통 바다였다. 도대체 무슨

대사를 내뱉는 건지 들리지도 않는 주인공의 독백 장면에서도 말소리보다 파도 소리가 크게 느껴졌다. 주인공은 총 네 명이 나왔는데 신세 한탄을 하며 웅얼거리는 사람 셋이 바다에다가 파란색 염료를 붓고 또 붓는 동안 갑자기 한 사람이 튀어나와 발목까지 바다에 담그고 스탠드업 코미디를 하는 이야기였다.

'이거 찍으려고 떠난 거였어?'

영화가 끝나고 엔딩 크레딧이 올라가는데 내 이름이 들어 있다.

"영화, 어때?"

기대에 가득 찬 눈으로 쳐다보는 그에게 다음 말을 어떻게 전해야 할지 몰라 고민했다. '그동안 잘 지냈냐'와 같은 형식적인 안부도, '왜 연락했냐'는 말도 아닌 반도 이해하지 못한 영화에 대한 감상을 이야기해야 한다. 도현의 눈을 쳐다봤다. 떠나겠다고 말하던 2년 전의 눈동자와 다르다.

"아파?"

피부에서 바늘을 떼고 소정이 물었다. 눈물이 안

보이게 고개를 돌렸는데도 달아오른 양쪽 귀는 숨기지 못했다. 왼쪽 눈에서 나온 눈물이 볼을 타고 흘러내려 베고 있던 베갯잇에 스몄다.

경사면

주어진 단어

혼인신고

보험료

차

작성 시간

15분 00초

오빠 이름을 적어 내고 있을 때였다. 잰걸음으로 뒤따라온 엄마가 입을 뗐다. 손에 쥐고 있는 폐차 신고서엔 아무것도 적혀 있지 않았다.

"미주야, 다시 한 번 생각을…."
"차 얘기는 꺼내지도 마."
"아니, 그게 남의 차도 아니고."
"똑같은 소리 여러 번 하게 만들지 마. 듣고 싶지 않아."
"얘!"

점점 언성이 높아지던 엄마는 결국 소리를 질렀다. 커피를 뽑고 있던 주차 요원이 동그래진 눈으로 우리를 쳐다봤다. 번호표를 뽑고 의자에 앉아 기다리던 사람들의 시선도 한곳으로 집중됐다. 창피했다. 마음을 진정시키려 안쪽 입술을 세게 깨물었다. 엄마도 주변을 의식했는지 다시 작은 소리로 말을 건넸다.

"보험료는 엄마가 매달 낼게."
"폐차하면 보험료 안 내도 돼. 그 돈도 아끼면 되겠네."

“내가 지금 돈 아끼자고 그래? 아직 멀쩡한데
폐차를 왜 해!”
“그 차가 멀쩡해 보여? 언덕에서 미끄러지고
브레이크 소리도 끽끽 나고! 그 차를 운전할
사람이 이 집에 누가 있어? 왜 되지도 않는
고집을 부려?”
“아유, 장모님. 우리 집에 가서 얘기해요, 집에
가서. 혼인신고서 여기에 내면 되죠?”

엄마는 손에 쥐고 있던 폐차신고서를 휴지통에
쑤셔 넣고 계단을 내려갔다. 그 모습을 지켜보고
있던 손님 중 한 명이 걸어오더니 나에게
무언가를 건넸다. 수영이 엄마였다. 혼인신고서를
내고 나면 구청 앞에서 기념으로 사진을 찍기도
한다는 소리에 카메라까지 갖고 왔건만. 수영이
엄마가 챙겨주지 않았다면 그대로 두고 올
뻔했다. 말없이 카메라를 건네주고 제자리로
돌아가 다시 앉은 그녀는 내가 나갈 때까지 다시
쳐다보지 않았다.

집으로 돌아왔지만 누구 하나 입을 여는 사람이
없었다. 엄마는 소파에, 오빠와 나는 거실 식탁에
멀찌감치 떨어져 앉았다. 구름이 많이 낀 날씨에
창밖에는 나무 한 그루도 보이지 않았다.

“그 차가 너네를 태우고 다닌 게 벌써 십 년이데.”

"다 지난 일이에요."
"...느그 아빠 차다."
"그만 좀 해요. 평생 끼고 살 거예요?
사망신고서는 왜 매번 안 내고 돌아오는데?
그런다고 뭐가 달라져요? 내가 언제까지 마음에
짐을 안고 살아야 되냐고!"
"미주야, 그만."

오빠가 내 손을 잡고 고개를 좌우로 저었다.

"혼인신고서도 냈으니 자주 안 올 거예요. 아니,
그 일 해결될 때까지 아예 안 올 거야."

의자를 끌며 일어난 동시에 초인종이 울렸다.
화면에 익숙한 얼굴이 비쳤다.

"수영... 엄마?"
"미안해요. 늦은 시간이죠?"
"무슨 일이에요?"
"306동 앞에 주차되어 있는 차...."
"아, 이제 곧 폐차할 거예요. 신경 쓰였다면
미안해요."
"그 차, 제가 살게요."

연기

주어진 단어

물감

냉장고

수건

작성 시간

13분 48초

할머니는 냉장고에 물감을 보관했다. 필름도 아니고 물감을. 하필 왜 냉장고냐는 물음에 '시원해서 좋잖여.'라고 했다. 동네 유치원에서 1인 인형극을 공연하고 있는 할머니는 극에 필요한 종이 인형을 직접 그리고 오려서 사용했다. 새로운 극을 만들 때마다 나를 불러 배경 소품을 제작했다.

"할머니, 이번엔 무슨 내용이야?"
"내 어렸을 적 이야기다."

할머니는 3년마다 새로운 극을 올렸다. 아이들을 대상으로 하는 공연이 많다 보니 주로 동물에 관련된 이야기거나 학교에서 일어나는 일들에 대한 것들이 많았는데, 이번엔 신기하게도 1년 만에 새로운 극을 만들고 계셨다. 할머니의 어린 시절 이야기는 한 번도 들어본 적이 없어 궁금했다.

"아니, 언제 이야기인데? 짧게 얘기해줘요."
"그냥 바다에서 살던 가족들이 산으로 오게 되면서 겪었던 일상이지."

어쩐지 할머니는 신나 보였지만 큰 주제만 들어서는 무슨 내용인지 파악할 수 없었다. 할머니는 그새 스케치북을 펼치고 연필로 무언가를 그리고 있었다.

"연수야, 냉장고에서 파란색이랑 초록색 물감 좀 갖다 주렴."

고개를 갸웃거리며 냉장고로 걸어갔다. 야채 칸을 열고 물감을 꺼냈다. 앞쪽으로 몰린 물감은 모두 밝은 색밖에 없었다. 안쪽으로 손을 쑥 집어넣었다. 쌓여 있는 물감 뒤쪽으로 수건 뭉치가 만져졌다. 축축하게 젖어 있었다. 꺼낸 수건엔 빨간색의 액체가 흥건하게 묻어 있었다.

'빨간색 물감이 터졌었나?'

손가락 사이사이까지 빨간색으로 물들었다. 약하게 철 냄새가 나고 다른 물감보다 점성이 조금 더 있었다. 손을 씻고 수건을 빨아 주방에 널어 두었다.

"할머니, 냉장고 안에 젖은 수건이 들어가 있던데? 뭐 흘렸어?"

그림에 집중한 할머니는 말이 없다.

"할머니, 빨간색 물감은 안 써요? 사다 드려?"
"아냐. 충분해."

이상했다. 할머니는 평소 보라색이나 파란색과 같은 물감이 떨어지면 사다 달라며 바로 이야기를 했었는데 한 번도 빨간색을 사다 달라는 이야기는 하지 않았다.

"할머니. 빨간색 사다 드린 지 좀 되지 않았어? 더 안 필요해?"
"작년에 많이 만들어놔서 차고 넘친다니까!"

할머니가 그림을 그리던 손을 멈추고 내 눈을 똑바로 쳐다보며 소리쳤다. 방금 날카롭게 소리를 내지르고는 언제 그랬냐는 듯 얼굴에 살짝 웃음을 띄고 있었다.

"갑자기 왜 소리를 질러요...."
"빨간색은 언제든 구할 수 있어."
"...어떻게요?"
"주방에 있는 뒷문을 열고 나가봐라. 첫 번째 장독 밑에."
"네?"
"아, 주방에서 스텐 그릇이랑 호미도 꼭 챙겨."

할머니가 중얼거렸다.

“연극이 얼마 안 남았어. 차영이는 오려면 아직 멀었냐.”

에너지의 양

주어진 단어

남겨진 것들

그리움

낯설음

작성 시간

11분 11초

'100리터짜리 쓰레기봉투 파는 곳 아시는 분?'

'100리터'라고 쳤을 뿐인데 나랑 비슷한 상황에 놓인 사람들이 많이 보였다.

'20리터에 담자니 안 들어가요.'
'운서아파트 근처에 판매하는 곳이 있을까요.'
'50리터 10장이랑 교환하실 분 찾습니다.'
'100리터 없어졌어요.'

동네에는 구입할 수 있는 곳이 이미 없어진 듯한 분위기의 글이 많았다. 오늘 당장 봉투에 넣어 버리고 싶은데 인터넷 쇼핑으로 구매하면 빨라야 내일모레에나 도착할 것 같았다. 스크롤을 내리다 보니 한 게시물이 눈에 들어왔다.

'100리터 2장 나눔. 운서아파트 근처 미영슈퍼 앞에서 직거래 가능.'

'dksl12'라는 아이디의 개인이 불과 3분 전에 올린 글이었다. 미영슈퍼는 이곳으로 이사를 오기 전 몇 번 지나쳐본 게 다였다. 시내를 거쳐

한적한 기찻길 동네로 들어가야 있는 곳이었다. 아직 녹지 않은 눈이 한쪽으로 쌓여 있는 게 창문 밖으로 보였다. 생각을 하다가 '제가 2시까지 갈게요'라고 댓글을 달았다. 몇 초가 지나지 않아 상태가 '예약중'으로 바뀌었다.

겨우 집에서 15분 정도 떨어진 곳인데 한층 더 낯선 곳으로 던져진 느낌이었다. 거리의 상점에도 누구 하나 아는 사람이 없었다. 패딩을 입고 있었지만 찬바람이 계속 들어와 맨투맨 밑으로 살짝 나온 배꼽이 시렸다. 유리문에 '외출중'이라는 종이가 붙어 있을 뿐 슈퍼엔 아무도 없었다. 처마 밑에 서 있으니 왼쪽 골목에서 발목까지 오는 검은색 패딩을 입은 사람이 초록색 모자를 푹 눌러쓰고 걸어오고 있었다.

"아이디 dksl12 맞죠?"
"네."
"여기 봉투요."
"감사합니다."
"따로 빼둔 것들 있죠?"
"네?"
"남겨놓은 것들, 아니 남겨진 것들이요."

'잘 쓰겠습니다'라고 말하려던 찰나, 뜨끔한

질문이 들어왔다.

“모두 다 봉투에 담아서 버려요. 아무것도
남겨두지 말고요.”
“….”

그 얘기를 듣자 침대 머리맡에 놓아둔 탁상시계가
떠올랐다. 흰 바탕에 큼지막한 숫자가 적혀
있고 빨간색 시침과 검은색 분침은 이미 멈춘
지 오래였다. 일주일에 한두 번은 서랍을 열고
시계를 그 안에 넣어 두었다가 저녁이 되면 다시
꺼내기를 반복하고 있었다. 손에 든 쓰레기봉투를
만지작거리며 멍하니 서 있었더니 여자가 작게
한숨을 쉬며 말했다.

“지금은 물건이지만 나중엔 모두 그리움으로
변해요. 난 그랬어요.”

순간 그녀가 무엇을 여기에 버렸는지 궁금해졌다.

“저는 어항을 버렸어요. 망치로 산산조각을 내서
말이죠.”
“어항 안에 있던 물고기는요?”
“투명한 봉지에 담아서 잠깐 주방에 두었는데
망치로 어항을 깨는 모습을 봤나 봐요. 그 뒤로
없어졌어요.”

“....”

“그것 말고도 버릴 게 많았구요.”

요동

주어진 단어

침전

진술

연대기

작성 시간

13분 00초

숨을 쉴 수 있는 공간이 나올 때까지 발버둥 쳤다. 위로 올라가고 있다고 생각했다. 수면 너머로 일렁이는 것이 사람 같아 보이지 않았다. 색색의 고무줄 모자를 덮어쓰고 눈에는 회색의 수경을 쓰고 있는 것들이 입을 뻐끔거렸다. 입 모양이 '빨리 나와'라고 말하는 듯 보이다가도 '왜 끝까지 안 내려가'라고 묻는 것 같았다. 끝이 보이지 않는 위를 향하다가 다시 끝이 보이지 않는 바닥을 향하는 것도 할 수가 없어서 잠시 중간에 떠 있기로 했다. 다행히 몸이 떠오르거나 가라앉지 않았다. 숟가락을 돌릴 때마다 떴다 가라앉았다를 반복하는 미숫가루의 침전물처럼 섞이지 않고 뭉쳐져 있었다.

귀에 꽂힌 이어폰에서 소리가 들려왔다.

역사에 길이 남을 만한 일입니다. 우리의 실험은 성공했어요.
누구 역사에요? 제 역사인가요?
당신의 진술에 따라 달라지겠죠. 당신의 역사일지, 사람들의 역사가 될지. 그건 판단하는 사람들의 몫입니다.

그러니까 그 기준을 지금 바로 만들어 주자고.
바보같이 굴지 마시고.
내가 죄인이에요? 진술이니, 역사니 어떻게 되든 관심 없다고요. 난 내가 본 것을 그대로 말할 거예요.
당신이 본 것이 '맞다'는 확신을 사람들에게 어떻게 줄 겁니까?
내 두 눈으로 마주했으니까 그게 확신이죠.
당신의 눈으로 본 게 '맞다'는 확신이 있다고요?
발을 지느러미 형태로 바꿀 수 있는 약을 개발한 건 저희입니다, 로랑 씨. 이건 과정일 뿐, 아직 우리가 준비한 발표 시기가 아닙니다.
그 약의 성능을 발휘한 건 나예요. 충분히 발표할 만하다고요.
아직 모든 부작용이 확인되지 않았습니다.
그러니까. 다른 실험도 연달아 해봐야 하지 않겠어요?
당신이 밝힐 거였다면, 시합 전 테스트에 걸리지 않도록 저희가 연구를 왜 했겠습니까. 당신을 위해 만든 약이 아니에요. 사람들이 이걸 믿기 위해선 약간의 시간이 걸릴 거예요.

소리가 끊겼다. 꽤 오랜 시간을 내려가다가 멈춰 있었던 것 같은데 다른 참가자들은 여전히 내려오지 않았다. 수경을 고쳐 쓰고 발을 앞뒤로 살짝 움직였더니 순식간에 수면에 도달했다.

열화와 같은 함성이 시합장을 가득 메웠다. 여기저기서 팡팡 터지는 플래시로 인해 눈이 부셨다. 수면 밖으로 나온 게 맞는지 헷갈릴 정도였다. 레일에 팔을 걸쳐두고 잠시 물속으로 고개를 숙여 발가락을 쳐다봤다. 어느새 원래 발로 돌아와 있다.

“나왔다, 나왔다! 로랑 씨! 여기 좀 봐주세요! 질문 좀 드려도 될까요!”
“아니, 폭발적인 스피드로 순위를 단숨에 올려두셨습니다! 세계 잠수 시합에서 전례가 없는 기록인데, 작년보다 월등히 좋아진 기록을 위한 특수 훈련이 있었습니까? 도대체 무슨 훈련을 했던 겁니까!”
“눈이 부시네요. 플래시 좀 꺼주세요.”
“로랑 씨! 오늘의 예측 분석표가 보이시나요? 한순간에 종이 쓰레기가 되었어요!”
“시합을 성공적으로 마치셨는데 지금 하고 싶은 말은 없습니까?”
“…중대발표를 하나 할 거예요. 바로 지금.”
“로랑 씨, 대기실로 잠시만 와주세요. 누군가 찾아왔어요.”
“로랑 씨! 이 카메라에 대고 말해주세요!”

패트로 자끄

주어진 단어

하체

논문

찜닭

작성 시간

17분 30초

처음부터 이 연구동이 싫었다. 여섯 가지나 되는 암호를 인증해야 굳게 닫힌 철문을 열고 들어갈 수 있는 것도 싫었고, 똑같은 자리에 숫자가 네 개씩 박혀 있는 것도 싫었다. 더불어 끝없이 펼쳐진 복도는 매번 공포스러웠다. 이곳으로의 발령 사실을 알았을 때 예나는 있는 힘껏 반대를 했다.

"그 먼 곳에서 외부와 단절하고 이상한 연구만 해야 된다고. 꼭 네가 갈 필요 없잖아. 너네 팀의 철민이! 철민이를 수석 연구원으로 보내도 되잖아. 제발 안 간다고 해줘, 서준아. 거기에 갔다가 다시 돌아온 연구원들이 없는 거 너도 알잖아. 우리 지금 하고 있는 연구에 집중해서 다른 곳으로 옮기자. 응?"

'또 길을 잃었어.'

이번에는 정말 새로 온 것 같은 복도였다. 8935 같은 네 자리 숫자가 쓰여 있던 문은 어디로 가고 '9156'과 같은 숫자만 철문 가운데에 붙어 있었다. 저녁으로 찜닭이 나올 거라기에 선배와 함께 생활동에 있는 헬스장에서 착실하게 하체 운동도 하고 온 터라 공포심에 다리에 경련이 올라오는 듯했다.

'괜찮아. 앞으로 가다 보면 이어지는 문이 나오겠지, 괜찮아.'

이곳에 온 지 두 달째, 이상한 공포심이 생겼다. 걸어가면서 양옆에 위치한 연구실 문을 쳐다보지 않으려 애썼다. 구체적으로는 무얼 뜻하는지 모를 알파벳을 보고 싶지 않았다. 아까 그곳에서 십 분은 걸은 것 같았는데 힐끗 올려다본 오른쪽 철문엔 아직도 맨 앞자리에 'R'이 새겨져 있다. 오 분 정도 더 걷자 'Z'가 새겨진 철문이 나왔다. 하지만 그 옆으로 숫자가 붙어 1, 2, 3 식으로 똑같이 이어지고 있었다. 선배가 했던 말이 떠올랐다.

'두 달이든, 이십 년이든 여기선 중요하지 않아. 자기가 하고 있는 연구와 관계된 사람 말고는 다른 연구원을 만날 일도, 일상을 외부로 공유할 일도 없으니까.'
'연구 결과들은 어디에 사용되는 겁니까?'
'아아, 네가 그 말을 하니까 이제 두 달 차인 게 실감이 난다. 여기선 의문을 갖지도 말고, 궁금해 하지 말아.'

'...우리는 지금 무슨 연구를 하고 있는 겁니까?'
'아, 배고파. 맞다. 그리고 연구동에서 길
잃어버리지 마라. 다니던 길을 기억해도 매일
연구실의 위치와 숫자가 바뀌니까 다른 길로 샐
생각조차 하지 말고. 아무도 널 발견하지 못할
수도 있거든. 밥이나 먹으러 가자.'

이렇게 계속 걸어가다간 'Z-104790'을 훌쩍
넘어설 것 같았다. 같은 곳을 계속 걷고 있자니
아까부터 속이 울렁거리던 게 점점 더 심해졌다.
'토할 것 같다'는 생각이 머릿속을 가득 메웠다.
들고 있던 보고서 파일이 손에서 난 땀으로
축축하게 젖어들고 있었다.

사람을 만나야 했다. 왼손으로 입을 틀어막고
손이 닿는 곳에 있는 문의 손잡이를 돌렸다.
열리지 않을 줄 알았던 문이 활짝 열렸다.
얼핏 'Z-237'이란 숫자가 쓰인 걸 본 것 같다.
주저앉다시피 문고리에 한 손을 걸치고 머리를
비스듬하게 바닥에 떨군 채 위를 올려다봤다.
흰색 가운을 입고 머리를 노랗게 물들인 여자
연구원이 손에 종이 뭉치를 들고 전화를 하며 서
있었다. '여기서는 전화가 안 된다고 들었는데....'
의식을 붙잡으려 안간힘을 썼다. 희미하게
전화하는 소리가 들렸다. 연구원은 내가 문을
열고 들어온지도 모르는 것 같았다.

"...다시 사랑할 수 없을 것 같다고 했잖아요....
근데 어떻게 새로운 사람을 만나게 된 거죠?
이전과 같은 사랑인가요? 새로운 사랑이라고요?
아니, 어떻게... 어떻게 새로운 사랑을 할 수가
있어요? 그게 사랑인 게 확실해요? 1년 전에
나에게 했던 보고와 다르잖아요. 이러면 실험을
다시 시작해야 해요. 결과를 도출할 수가
없다고요!"
'어, 저거 패트로 자끄의 이야기 아닌가?'

우리 연구실로 이관되었다며 선배가 들고 온
실험 파일은 유난히 두꺼웠다. 선배는 지금 하고
있던 실험도 모두 중단하고 시작해야 한다며
작게 한숨을 쉬었다. 파일의 첫 장을 넘기자
살가죽이 겨우 얼굴에 붙어 있는 것 같이 마르고
곱슬머리가 어깨까지 내려오는 남성의 사진이
나왔다. 형광등 불빛과 점점 언성이 높아지는
연구원의 고함으로 인해 시야가 계속 흐릿해졌다.

초록빛

주어진 단어

축구

세월

꿀잠

작성 시간

11분 29초

"제가 어제 완전 꿀잠을 잤거든요? 짧은 휴식 시간이었는데 아주 깊게 잤어요. 근데 꿈에서 제가 뭘 했게요? 축구! 축구 들어봤어요? 운동장을 막 누비면서... 아, 혼자 뛰어다닌 게 아니라 옆에 같이 뛰던 동료도 있었어요. 진짜 축구 맞다니까요? 그게 중요한 게 아니고, 꿈에서 내 발에 공이 딱 붙어가지고 모두 나를 따라다니는 거야. 근데 누구도 공을 못 가져가더라고! 기분이 어찌나 좋던지. 근데 그거 들어본 적 있죠, 주마등! 죽기 직전에 그간 살았던 장면이 빠르게 스쳐 지나가는 거. 운동장을 뛰고 있는데 갑자기 여기로 오느라 힘들었던 아빠랑 엄마, 할머니, 할아버지까지 모두 생각나는 거야. 엄마한테 여기 안 온다고 못되게 말대꾸하던 것까지 빠르게요. 그리고 생각이 멈췄을 때 오른발을 들어 공을 뻥 찼죠. 그때 꿈에서 깨어났어요."

"현호야, 이제 초록색과 관련된 이야기는 하면 안 된다니까."

"그냥 공놀이 이야기인데요?"

"축구도 안 돼. 네가 계속 초록색 얘기를 하고 다니니까 여기에 다시 왔잖니."

흥미진진하게 얘기하다가 갑자기 풀이 죽은 현호에게는 미안하지만 초록에 대해 이야기하는 건 더 이상 안 된다. 불과 14년이란 세월이 흐르기 전 학교에서 교육을 받을 때까지만 해도 그때의 자료를 보여주었는데, 이젠 모든 것이 금지됐다. 이주하고 반세기가 지났을 때, 붉은색 토양과 생명체로 이루어진 행성에 적응하지 못한 사람들이 그때를 그리워하며 자체적으로 초록빛을 만들어 냈다. 아로돌을 주재료로 해 만들어진 초록빛은 행성의 대기와 섞이며 3초의 아주 짧은 섬광을 뿜었는데, 행성 절반의 생명체가 눈이 멀어버렸다. 모든 인류가 그리워했던 초록은 참혹한 사건을 대변하는 단어가 되어 이후 관련된 이야기를 꺼내는 것조차 금지되었다. 초록이 연상되는 축구도 그중 하나였다. 책상에 엎드려 일어날 생각조차 없는 천진난만한 현호가 내심 안타까웠다.

"...그래서 골은 넣었어?"
"그건 못 봤어요! 그래서 옛날 영상을 찾아보고 있는데 오늘은...."
"상담 시간 끝났습니다."

드디어 화면에 숫자와 안내 문자가 떴다. 아직 할 말이 남은 현호가 아쉬운 티를 냈지만 수연은 가운에 달려 있던 금색 배지를 책상 위에 내려두고 그에게 다음 상담 일정을 얘기해주고 인사를 했다. 현호가 나간 문으로 차트를 손에 들고 있는 준수가 들어왔다.

“그때를 그리워하는 사람들의 이야기를 좀 들어줄 수도 있지. 아직 아이인데!”
“요즘 누가 초록색 이야기를 해? 그러다 조사받아.”
“그럼 네가 몰래 키우고 있는 것도 잘 숨겨.”
“여기 상담실이야.”

준수는 양손을 들고 피식 웃더니 차트를 책상에 두고 사라졌다. 내담자들의 이름 옆으로 ‘초록색’이란 단어가 얼핏 보였다. 정부가 바뀌고 나서 초록색에 대해 이야기하는 환자가 늘었다. 우연일까. 상담실의 문을 잠그고 책상 아래에 놓인 복잡한 문양의 카펫을 걷어내고 나니 작은 문과 함께 더 작은 문고리가 나왔다. 문고리 위에 있는 세모난 유리 장식을 왼쪽으로 반 바퀴 돌리니 척 소리가 나며 문이 열렸다. 열린 틈으로 차가운 공기가 새어 나오기 시작했다. 심호흡을 하고 지하로 이어진 계단을 내려가던 수연은 차트를 안 갖고 온 걸 알고 다시 계단을 올랐다. 작게 남겨둔 틈 사이로 상담실에 켜둔 스탠드 빛이 새어 나왔다. 문고리를 잡아 올리려는 순간 목소리가 들려왔다.

"여기가 확실해?"
"맞아요. 저번에 얼핏 맡았어요."
"그 말이 사실이어야 할 거야."

문틈 사이로 갈색 구두와 베이지색 운동화를 신은 두 사람이 상담실 내부를 돌아다니고 있는 게 보였다.

'누가 발설이라도 한 건가? 그 이유가 설마....'

소리라도 날까 입을 틀어막고 차트가 들어 있는 책상 서랍 앞에 있는 두 발을 계속 주시했다.

대본

일러두기

· 실제 대본의 형식과 다를 수 있습니다.
· S [scene]: 연극, 영화 등의 장면
· 인서트 [insert]: 화면의 특정 동작이나 상황을 강조하기 위해 삽입한 장면.
· 플래시백 [flashback]: 영화나 텔레비전 드라마 등에서 과거의 회상을 나타내는 장면 또는 기법.

키오스크

등장인물

서준

지호

장면

S #1 ~ #2

주어진 단어

등산

와인

종로

1. 종로 뒷골목 가맥집/ 낮

등산을 막 마치고 내려온 노인정 사람들이 땀을 닦으며 각자 막걸리 잔을 채운다. 건배를 외치고 단숨에 비워버린 잔들 사이로 지호 할아범이 의기양양하게 이야기를 시작한다.

지호 (웃음을 참으며) 흠흠, 요즘 햄버거집들은 가 보셨나?

노인들 갈 일이 있어야 가지요. 왜요?

지호 아니, 오랜만에 햄버거집에 갔는데 말이야. 요즘은 사람이 주문을 안 받더라고. 기계가 받잖아.

노인들 (놀라며) 기계가요?

서준 (이야기를 듣고 있다가 코웃음을 친다.)

지호 거, 키오스큰가 뭔가, 멀대같이 길쭉한 기계가 가게 한가운데에 덜렁 서 있는데, 애들한테 전화해서 어떻게 하는지 물어보지도 않고 원하는 것만 딱딱 눌렀다니까. (으스대며) 햄버거 하나랑 감자 튀김이랑....

노인들 누르는 거야 쉽지요. 근데 소스는 뭘 선택할 거냐, 또 뭔가 누르면 포장은 할 거냐, 막 뜨고 갑자기 자동차 그림도 뜨고 그러잖아. 그게 어렵던데.

지호 (손뼉을 딱 치며) 맞어. 내가 원하는 걸로 딱딱 누르고 마지막에 포장 봉투를 딱 눌렀더니 카드 그림이 따악 하고 나오는 거야. 아래에 꽂으라 하데? (카드를 넣는 시늉을 하며) 그래서 넣었더니 띠링 하고 영수증이 나오더라고.

노인들 (호응하며) 이야! 지호 할아범은 완전 신세대네!

지호 옆에 젊은 사람들이 놀라더라니까. 하다가 모르면 나중에 나한테 전화하라고.

서준 (V.O) 카드 꽂는 방향도 몰라서 여러 번 뺐다 꼈다 했을 거면서 그 얘기는 쏙 빼놓고.

2. 종로 와인숍/ 낮

자신의 키보다 세 뼘 정도 큰 키오스크 앞에 두툼한 코트를 입은 서준이 안경을 이마에 얹어두고 허리를 굽혀 화면에 들어갈 것처럼 뚫어져라 쳐다보고 있다.

서준 뭐야… 다 된 거야? 몇 년 전이랑 벌써 많이 달라졌네. (안경을 다시 내려 쓰고) 이걸 누르면!

하단 표시 금액에 '18,000원'이라고 적혀 있던 게 갑자기 '87,500원'으로 바뀐다.

서준 (직원이 있는지 둘러보고 키오크스 뒤쪽으로 가서 전원 코드를 본다) 아이씨! 돈을 내고 싶다고! 다른 건 필요 없는데 왜 자꾸 더해지는 거야.

금방이라도 손에 든 와인을 들고 문을 뛰쳐나갈

것처럼 발을 동동거리는 서준.

Cut to

여전히 골똘히 키오스크를 바라보고 있는 서준 옆에 하늘색 원피스를 입은 꼬마 여자 아이가 붙어 서서 같은 곳을 바라보고 있다.

서준 (인기척에 옆을 쳐다보고) 어이구, 깜짝이야!!

아이 뭘 그렇게 봐요?

서준 (정신을 차리고) 너 잘 왔다. 이거 결제는 어떻게 하니?

아이 (서준을 째려보며) 이거 아니에요. 키.오.스.크. 이름이 있다고요. 그렇게 부르니까 안 되지.

서준 그래그래. 결제는? (지갑을 열며) 카드로! 아니 현금이어도 되고!

아이 (화면을 바라보며) 으으음....

서준 너도 모르는 게야?

아이 도와주면 뭐 해줄 건데요?

서준 (주위를 둘러보다가 와인 매대 옆에 놓인 초콜릿 상자를 쳐다보며) 저거, 저거 하나 선물로 사줄게.

아이 초콜릿 안 좋아하는데.... 알겠어요.

서준 (함박웃음을 지으며) 아이, 고맙다!

Cut to

와인숍 문 앞에 서 있는 두 사람. 서준의

오른손에는 와인병이, 왼손에는 초콜릿 상자가 들려 있다. 아이는 서준의 얼굴을 올려다보고 있다.

서준 (초콜릿 상자를 건네주며) 도와줘서 고오맙다!

아이 그거 저 사람한테 갖다 주세요.

서준 (주위를 두리번거리며) 누구?

아이 (길 건너 사람을 가리키며) 저 사람이요.

서준 (이마에 올려둔 안경을 내려 쓰고) 의자에 앉아 있는 저 아줌마? 아는 사람이니?

아이 네.

서준 (어떻게 아는 사이인지 물어보고 싶은 표정으로 아이를 쳐다본다.) 네가 갖다 주면 되잖니.

아이 할아버지가 갖다 줘요. 제가 주면 싫어할 거예요.

구멍

등장인물

민준
자영

장면

S #4 ~ #5

주어진 단어

묵음
결
정적

4. 아파트/ 밤

이미 주차되어 있는 차들 뒤쪽으로 세워둔 택배차. 안에서 부스럭대는 소리가 들리고, 손수레에 택배 상자를 던지는 자영. 그 앞으로 나타난 민준.

민준　8동만 배달하면 오늘 끝인가?

자영　응. 이제 물건도 없다.

플래시백

자영과 민준이 거실에 마주 보고 앉아 있다. 민준이 가계부에 '정산할 게 업다'라고 철자가 틀린 채 적고 있는 모습 클로즈업. 그 모습을 힐끗 쳐다보고 입술을 꽉 깨물며 필사적으로 웃음을 참는 자영의 얼굴을 마지막으로 페이드아웃.

민준의 이마에 가득 맺힌 땀방울로 서서히 다가가는 카메라.

자영　많이 더워?

민준　아니, 6동에 엘리베이터가 고장 나서 계단으로 다녔더니.

자영　말을 하지.

걱정하는 자영을 힐끗 보고 택배 상자를 어깨에 얹은 채 8동 입구로 사라지는 민준. 뒤따라

물건을 쌓은 손수레를 끌고 8동으로 향하는
자영의 멀어지는 뒷모습 클로즈업.

5. 801호 앞/ 밤

엘리베이터 문이 열리고 왼쪽에 '801호'라고
적힌 현관문이 보인다. 문 앞에 택배 상자를
놓아두고 휴대폰을 꺼낸 자영.

자영 (V.O) 배송 완료 문자... 보내기... 완료....

문자가 발송되었다는 효과음이 짧게 난다.
그때 복도 계단에서 민준이 손잡이를 두드려 낸
소리가 선명하게 들린다. 그 소리를 듣고 작게
웃음을 짓는 자영.

자영 (V.O) 퇴근 시간이 다가오니까 더 빠르구만.

그때 신발끈을 고쳐 매려고 운동화를 향해 고개를
숙이다가 방금 배달한 상자가 조금 삐뚤어져 있는
것을 발견한 자영.

자영 (V.O) 아까 똑바로 둔 것 같은데? 모르고 발로
건드렸나?

상자 뒤에 뭐가 있었을까 싶어 상자를 앞으로

꺼내 보는 자영. 상자의 뒤쪽에 작은 구멍이 나 있는 것을 발견한다. 구멍에서 약한 바람이 나오고 있는 것으로 보아 실내로 이어지는 구멍 같지만, 어쩐지 공간이 없는 것처럼 느껴져 의아해하는 자영. 계단 손잡이를 세 번 두드려 둘만의 암호를 보낸다. 계단 아래쪽에서 들려오는 민준의 목소리.

민준 왜? 택배에 문제 있어?

자영 상자가 움직인 것 같아서 치워봤더니 문 아래쪽에 구멍이 나 있어.

민준 (살짝 귀찮은 말투로) 우유 배달 구멍 아니야? 아니면 키우는 동물이 지나다니라고 만들었거나.

자영 (고개를 갸웃하며) 그러기엔 구멍이 너무 커.

민준 택배 문제도 아닌데 그냥 가자.

자영 아니, 느낌이 이상해서 그래.

곧이어 801호 앞에 도착한 민준. 고개를 숙여 상자 뒤쪽에 있는 구멍에 얼굴을 갖다 대었다가 뗀다.

자영 진짜 이상한 구멍이지? 앞에다가 (꺼림직한 표정으로) 상자를 두면 계속 움직여. 바람 때문이 아닌 것 같아. 누가 툭 하고 상자를 치는 느낌이야.

민준 (별일 아니라는 듯) 박스 테이프로 좀 막아둘까?

자영　나중에 주인집에서 뭐라고 하면 어떡해.

그때, 어두운 구멍에서 동그란 뒤통수의 무언가가 나왔다가 순식간에 사라진다. 둘 사이에 정적이 흐른다.

자영　(눈이 커지며) 방금 봤어? 동그란 거... 회색이었던 것 같기도 한데....

민준　쥐인가?

자영　아파트 8층에 쥐가 왜 있어?

혼란스러워하는 둘을 조롱하듯 구멍에서 주먹만 한 무언가가 구멍에서 나왔다가 쏙 하고 사라진다. 파랗게 질린 얼굴의 두 사람이 서로를 바라본다.

자영　방금은 노란색이었어! 세모난 모양이었다고!

말을 잇지 못하고 그 자리에 얼어버린 민준은 구멍만 계속 바라보고 있다.

주인　뭐예요?

자영　꺅!

그때 열리는 801호의 현관문. 갑자기 열린 문에 놀란 자영이 작게 소리를 지르며 두 손으로 입을 막는다. 자영의 비명 소리에 정신을 차린 민준이 주인을 쳐다본다.

민준 (말을 더듬으며) 아....

주인 (무심한 표정으로) 뭐냐고요. 남의 집 앞에서 시끄럽게.

민준 아... 죄송합니다. 배달하는 중에 이 집 현관문 구멍에서 이상한 걸 봐서요.

주인 (옆에 놓인 상자를 집어 들며) 빨리 왔네. (멍하니 서 있는 두 사람을 보며) 왜요, 구멍에서 뭐라도 봤어요?

민준 ....

자영 (기다렸다는 듯이) 봤어요! 아파트에서 쥐를 키워도 되는 거예요? 그거 쥐 맞죠?

주인 (코웃음을 치며) 아니에요.

자영 뭔데 그렇게 자유롭게 돌아다녀요? 그래도 되는 거예요?

주인 쥐 아니라고요.

경우의 수

등장인물

준환

영호

소영

장면

S #1 ~ #5

주어진 단어

병아리

노랑

동전 지갑

1. 장례식장 안/ 아침

이른 오전이지만 모든 호실이 다 차 있는 장례식장. 음식을 나르는 사람들, 상복을 갈아입으러 화장실로 가는 사람들, 탁탁 소리를 내며 흰색 봉투를 정리하고 있는 사람들로 정신이 없다. 입구에서 멀리 떨어진 안쪽에 위치한 호실에 오도카니 서 있는 준환.

조문객 1 그렇게 황망한 죽음이 있어요그래....

준환 (바닥을 보며 잠시 숨을 고르고) 와주셔서 감사합니다.

조문객 1 (어깨를 토닥이며) 아침 좀 챙겨 먹고요.

신발을 갈아 신고 나가는 조문객의 뒷모습이 사라질 때까지 그 자리에서 바닥을 보고 있는 준환. 준환을 멀리서 지켜보고 있는 의문의 여자 한 명.

2. (인서트) 준환의 방/ 아침

방 창문의 커튼을 모두 내려두고 암흑 속에서 코를 골며 자고 있는 준환의 모습. 탁상 위에 놓인 휴대폰에서 작게 진동이 몇 번 울리다가 이내 끊이지 않고 진동이 울리기 시작한다. 잔뜩 미간을 찌푸리며 눈도 뜨지 못하고 더듬거리는 손으로 핸드폰을 찾은 준환이 귀에 휴대폰을 갖다 댄다.

영호 야, 이 새끼야.

준환 왜... 나 자....

영호 ...미주사거리에 있는 대학병원 장례식장으로 와.

준환 ....

영호 ...소영이... 빨리 오라고, 새끼야....

이름을 듣고 눈을 번쩍 뜨는 준환.

3. 빈소 안/ 아침

쉴 새 없이 조문객들이 방문하는 다른 호실과
다르게 준환 혼자 빈소를 지키고 있는 모습.
영호는 어딜 갔는지 한 시간이 다 되도록 보이지
않는다. 벽에 기대어 앉은 준환이 고개를 들어
소영이의 영정 사진 앞에 놓여 있는 병아리
캐릭터가 그려진 노란색의 동전 지갑을 쳐다본다.
일어서서 가까이 가 보는 준환.

준환 이걸 누가....

영호 (급하게 신발을 벗고 들어오며) 밥은 먹었어?

준환 (영호를 쳐다보며) 이거 누가....

영호 (들고 있던 검은 봉지를 떨어뜨리며) 누가 왔었어?
이게 어떻게 여기에....

그때 옆 호실의 조문객들 사이에서 울부짖는
소리가 들려오고, 준환은 갑자기 입을 틀어막고

구두를 신고 뛰듯이 밖으로 나간다.

4. 장례식장 뒷문/ 아침

아직도 손을 입에 갖다 대고 있는 준환의 앞으로 빠른 속도의 차가 한 대 지나간다. 그제야 고개를 들어 뒤엉켜 있는 차들을 바라보는 준환. 길 한복판에 서서 분주히 수신호를 만들고 있는 안내 요원과 눈이 마주친 후 도보로 걸음을 옮겨 한 가로수 앞에 기대어 선다.

기사 (준환의 어깨를 툭툭 치며) 저기요, 옆으로 좀 비켜주세요.

준환 (영문을 모르겠다는 듯 쳐다본다) ....

기사 화환 내려야 하니까 옆으로 비켜 달라고요. 여기서 계시면 다친다고요.

준환 아....

준환이 살짝 옆으로 비켜서자 기사가 트럭 문을 열고 화환을 하나씩 내리기 시작한다. 그 옆에 구겨진 셔츠를 입고 헝클어진 머리를 두어 번 쓰다듬으며 멋쩍게 서 있는 준환. 길가에 서 있는 화환과 분주한 기사를 번갈아 본다. 한참을 내려오지 않던 기사가 안쪽에서 시끄럽게 전화하는 소리가 들려온다.

기사 (건성으로) 아니, 정말 장례식장으로 배달되는 게 맞아요? 아니, 뭐가 잘못되었다는 게 아니라…
(어디에 부딪쳤는지 쿵 소리가 난다) 아야…. 아니,
꽃이 노란색이니까 그렇죠. 아이, 알겠으니까
일단 끊어봐요.

인상을 찌푸리며 갖고 나온 화환을 길가에
내려두는 기사. 그런데 하얀 국화가 아닌 노란
들국화로 빼곡하게 채워져 있는 화환이다. 또다시
걸려온 전화를 받는 기사.

기사 몇 호로 갖다 주면 된다고요? 에? 호실을
모른다고요? (당황한 듯) 그럼 받는 분 이름은요.
(주머니에 있던 메모지와 펜을 꺼내) 에… 소영이요.
성은요? …지소영. 알겠습니다. 올라가서
확인하고 전화드릴게요.

준환 (잘못 들었나 싶은 표정으로) 방금 누구라고….

기사 예? (메모지에 적힌 이름을 보고) 가족이세요?

준환 누가 보낸 건가요?

기사 (건성으로) 보내신 분이 이름은 이야기를 안
하던데. (준환의 표정을 힐끗 보고) 앳된 목소리의
여자였어요. 옆에서 아이가 몇 번 울었던 걸 보면
엄마인 것 같던데요.

준환 (동그랗게 커지는 눈) 방금 전화하셨던 분 연락처 좀
주세요.

5. 평범한 등굣길/ 아침

인서트

책상 위에 차려둔 식빵을 소영과 준환이 동시에 집어 입에 넣으며 각자의 가방을 둘러매고 대문을 나서는 모습.

소영 (골목을 뛰어가며) 아이, 삼촌 때문에 늦었어.

준환 (뛰면서 다급하게 넥타이를 조인다) 네가 화장실에서 늦게 나왔다?

그들이 뛰고 있는 도보 옆으로 영호의 차가 지나간다.

준환 (손짓을 하며) 야야! 영호! 우리 좀 태워 가라!

소영 삼촌, 삼촌! 우리 태워 가아!

때마침 신호가 빨간불로 바뀐다.

조수석

등장인물

호영

별이

연희

장면

S #1 ~ #3

주어진 단어

책상

별

낯선 사람

1. 10호차 안/ 밤

아이들을 데리러 온 차와 학원 통학 차량이 깜빡거리는 비상등을 켜고 어지럽게 주차되어 있다. 여기저기서 빵빵거리는 소리, 먼저 마친 학원에서 뛰어나오는 아이들이 주차되어 있던 차의 뒷문을 열고 쏙쏙 들어간다.

인서트

'대명학원'이란 간판과 어두운 밤에 환하게 빛나고 있는 학원 빌딩.

뒷좌석에서 먼지떨이를 들고 걸어 나오는 호영 클로즈업. 버스 출입문에 서 있는 기사님을 발견하고 쑥스러운 웃음을 짓는다.

8호차 이번 달 스케줄표 나온 거 봤어요? (웃으며) 처음 와서 고생하겠다 싶던데.

호영 괜찮아요.

8호차 밤에 운전해서 애들 내려주는 게 생각보다 쉽지 않지요?

호영 애들 내려주는 건 괜찮은데 제가 아직 하차 코스를 못 외워서요.

8호차 한 달만 지나면 금방 익숙해져요.

띠리리리링- 촌스러운 종소리가 들려온다.

8호차 이제부터 일 시작이구먼. 10호차 오늘도 고생해요.

호영 (꾸벅이며) 네, 감사합니다.

플래시백

후드 티의 모자를 쓰고 손에는 차 키를 들고 걷는 호영이가 학원 문을 주시하고 있다. 쏟아져 나오는 아이들 사이로 문제집이 쌓인 책상이 얼핏 보인다. 고개를 돌리자 투명한 유리문에 '학원 통학 기사 모집'이란 글자 클로즈업.

운전석 뒷주머니에서 '대명학원'이란 글자가 크게 박힌 홍보 카드를 들고 차 밖으로 나가서 '유진 관광버스' 카드 위에 덮는다. 아이들이 학원에서 나오기 시작하자 서둘러 운전석에 앉아 스케줄표를 펼친다. 익숙하게 10호차에 도착해 출입문에 오르기 시작하는 아이들.

아이 1 안녕하세요... (멈칫하며) 엥?

아이 2 야, 왜 안 들어가?

아이 1 (운전석을 힐끗거리며) 10호차 아저씨 바뀌었는데?

아이 2 (아이 1의 팔 사이로 고개를 내밀며) 뭐야, 낯선 아저씨네?

호영 (멋쩍게) 어... 안녕. 오늘부터....

아이 1 아저씨 누구세요?

아이 3 (아이 2 뒤에 있다가 놀란 목소리로) 엥, 아저씨 바뀌셨어?

Cut to

다섯 명의 아이가 호영이 앉아 있는 운전석 뒤쪽으로 모였다. 호영을 신기하게 바라보며 어떤 질문을 할까 고민 중인 천진난만한 모습의 아이들. 사는 곳부터 언제까지 일할 것인지 별걸 다 물어본다. 그때 한 아이가 조수석에 앉겠다며 자리에 놓아둔 점퍼를 걷는다.

호영 (점퍼가 들썩이자 소스라치게 놀라며) 아… 안 돼!

별이 냐아아앙.

아이들 에엥? 뭐예요오!

아이 1 야! 여기 고양이 있어!

아이 2 (별이에게서 눈을 못 떼며) 이름은 뭐예요?

아이 3 (신나하며) 나도 우리 몽이 데리고 학원 올래요!

호영 (울먹거리며) 얘들아… 제발 비밀로 해줘! 제발!

호영의 말은 들리지도 않는지 눈을 감고 있는 별이 곁에 팔을 포개 얼굴을 올려둔 아이들이 저마다 입술에 검지 손가락을 갖다 대며 조용히 하라는 시늉을 한다.

인서트

몸을 동그랗게 말고 자고 있는 별이.

2. 몽타주

달그락거리며 그릇에 담긴 음식을 마시곤 책상에 탁 하고 내려놓으니 방범창 사이로 어린 고양이 한 마리가 고개를 내밀고 있는 모습이 보인다. 조금씩 비가 내리기 시작한다.

호영 너는 맨날 밥 먹고 있을 때 오더라.

별이 냐아.

호영 몇 달째 혼자 오네. 엄마는?

별이 냐아아아.

호영이 어린 고양이를 빤히 보고 있다가 창문을 연다. 폴짝 뛰어 방 안으로 들어오는 고양이. 뒤쪽의 두 다리를 모두 절고 있다. 호영이 소파에 앉아 손바닥을 보여주자 몸을 부르르 떨며 경계하는 별이.

3. 10호차 안/ 밤

자고 있는 별이에게 조심스레 점퍼를 덮어주고 안전벨트를 매는 호영. 아이들을 타일러 각자 좌석으로 돌아가게 한 후에 눈치를 보며 말한다.

호영 자자, 다들 앉아서 벨트 매고.

아이들 (시무룩해하며) 네.

호영 (헛기침을 뱉으며) 태양 사거리가 첫 번째 지점이야.

내릴 사람은 미리 준비하고.

아이들 네.

낑낑대며 많은 차량들 사이에서 빠져나오는 10호차의 모습 클로즈업. 호영이 사이드 미러로 운전석 뒤쪽에 앉아 있는 침울한 표정의 연희를 흘끗 쳐다본다. 신호등에 빨간불이 뜨자 잠시 멈춘 10호차.

연희 (작은 목소리로) 아저씨, 휴대폰 좀 빌려주세요.

호영 (눈치를 살피며) 왜?

연희 (손가락을 꼼지락거리며) 오구에게 전화하려고요....

호영 오구?

오른손으로 휴대폰을 집어 뒤쪽으로 넘겨주는 호영. 작은 손이 휴대폰을 조심스럽게 집어 가져간다. 삑삑 소리를 내며 어디론가 전화를 거는 연희. 때마침 바뀐 초록색 신호에 출발하는 10호차.

연희 (전화기에 귀를 찰싹 붙이고) 오구 잘 있어요, 할머니?

할머니 (작게 한숨을 쉰다) 연희야.

연희 (갑자기 울음을 떠뜨린다) 흐엉엉.

울고 있는 연희를 바라보고 있는 호영. 작게

들려오는 전화기 너머의 소리에 귀를 쫑긋하고 있다.

할머니 (낮은 목소리로 타이르며) 주말에 아빠랑 할머니 집에 올래?

연희 거짓말쟁이! 다른 동물은 모두 고치면서 왜 오구만....

할머니 아빠에게 얘기해놓으마. 이번 주에 오렴.

먼지와 손톱깎이

등장인물

주연

민호

지수

장면

S #11 ~ #16

주어진 단어

커튼

안착

손톱

11. 거실/ 아침

커튼 사이로 눈부신 햇빛이 들어온다. 정수기 앞에 있던 주연은 컵에 물을 따르고 창문 쪽으로 걸어 나와 커튼을 양옆으로 열어 두툼한 융단 재질의 커튼을 만지작거리며 자세히 살펴본다.

주연 (V.O) 이거 세탁한 지 얼마나 됐지? 이사 오기 전에 한 번 하고 이후에는 한 번도 안 한 것 같은데. 엄마한테 전화해서 세탁 방법을 물어봐야 할까. 다 빨고 나면 이 큰 걸 어디에 걸어두어야 하나....

플래시백

베개와 침구 등을 한가득 쌓아둔 상점 안에 있는 두 사람. 민호가 두꺼운 융단 재질의 회색 커튼을 이리저리 만져보더니 초롱한 눈빛으로 주연을 쳐다본다.

민호 이거 진짜 예쁘지 않아? 집이랑 잘 어울릴 것 같은데.

주연 (떨떠름한 눈빛으로) 예쁘긴 한데... 거실에 달기엔 너무 무거운 느낌이지 않아?

민호 아냐. 이거 완전 물건이다. (지나가는 점원에게) 여기요! 이거 결제할게요.

주연 (민호의 옆구리를 쿡 찌르며) 야, 나 아직 결정 안 했어.

점원이 다가오는 동안 익살스러운 표정을 짓는 민호를 쳐다보며 못 말리겠다는 표정을 짓는 주연.

12. 거실/ 낮

소매를 걷은 주연이 창고에서 높은 의자를 꺼내 거실로 갖고 나온다. 의자를 밟고 올라서니 눈 바로 앞에 촘촘하게 꽂힌 커튼 핀이 위치한다. 제일 가까이 있는 고리에 꽂혀 있는 핀부터 하나씩 빼내는 주연. 왼쪽 겨드랑이 사이에 끼워 고정한 이불의 양이 점점 많아진다. 숨이 차는 기색이 역력하던 그때 들고 있던 이불을 떨어뜨린 주연이 한쪽으로 이불을 밀어넣고 주방에서 걸레를 갖고 와 바닥을 닦기 시작한다.

주연 (V.O) 아, 따가워!

아직 핀을 빼내지 않은 커튼 밑을 닦다가 무언가에 손이 찔린 주연이 화들짝 놀란다. 조심스레 커튼을 들춰보니 반달 모양으로 잘린 손톱이 꽤나 많이 흩어져 먼지와 함께 쌓여 있다. 그 옆의 동그란 물체를 수상하게 쳐다보다가 이내 손을 뻗는 주연.

13. 거실/ 오후

한가로운 주말 낮. 점심을 잔뜩 먹은 두 사람이 거실에 있다. 주연은 소파에 눈을 감고 누워 있고 민호는 소파에 기대어 앉아 발가락 밑에 구겨진 A4 용지를 깔고 발톱을 깎고 있다.

민호 (틱, 틱,)

주연 (눈을 감고 있지만 거슬린다는 듯) 또 종이 위에다가 발톱 깎고 있지? 그러면 사방에 튄다니까.

민호 (틱, 틱) 아니야. 이 종이 위에만 떨어지게 깎고 있어.

주연 (민호의 뒤통수를 쳐다보며) 두 번 일하게 할래? 휴지통 갖다 두고 깎아.

민호 (틱) 아, 방금은 어디로 튀었는지 못 봤다.

주연 (한심하다는 표정을 짓다가) 근데....

민호 (건성으로) 응.

주연 발톱이 화분으로 튀고 시간이 흐르면 스스로 영양분이 될 확률도 있을까?

민호 (새끼 발톱을 깎으려다 말고 생각한다) 음....

주연 ....

민호 화분이 여기 있다는 사실을 잊지 않으면 그 자체로 영양분과 같겠지.

인서트

거실에 놓여 있는 다섯 개의 화분.

15. 거실/ 낮

커튼 뒤에서 찾은 동그란 물체를 이리저리 들여다보고 있는 주연. 껍질에 삐죽하고 나와 있는 싹을 보며 말도 안 된다는 표정을 짓는다.

주연 (V.O) 이거… 진짜 새싹이야? 귤에서 싹이 날 수가 있나….

고개를 갸웃거리다가 의자에 걸쳐져 있던 후드티를 입고 휴대폰은 앞주머니에 넣고 두 손에 조심스럽게 싹이 난 귤을 올려 문 밖을 나선다.

16. 꽃집/ 낮

띠링, 울리는 현관벨 소리에 고개를 들어 문에서 들어오는 주연을 쳐다보는 주인. 주연은 여전히 손에 조심스럽게 올려둔 귤에 시선을 고정하고 있다.

지수 웬일이야, 이 시간에?

주연 (여전히 귤에 시선을 고정하고) 지수야, 이거 한번 봐봐.

지수 응? 귤이네. (눈을 찡그리며 쳐다보고는) 싹 났네? 네가 틔웠어?

주연 아냐. 얘가 스스로 났어.

지수 뭔 소리야. 네가 관심을 줬으니까 싹이 났겠지.

주연　아냐, 나 정말 아무 짓도 안 했어. 스스로 났다니까.

지수　(이상하다는 듯) 잠깐만. 그 귤, 설마....

주연　너도 그렇게 생각하냐?

지수　야, 너 연락한 거 아니지?

주연　(싹에 시선을 고정하고) ....

지수　미쳤어? 진짜 연락했어?

주연　아직 안 했어.

지수　걔 아직도 제주도에 있다니? 아니지, 넌 모르겠지. 일단 절대 연락하지 마.

주연　....

표제

등장인물

젤라

소진

호수

민재

장면

S #8

주어진 단어

서점

와인

코리빙하우스

8. 불 꺼진 거리/ 늦은 밤

카페 문을 닫고 보안 시스템을 발동시키고 난 민재는 바로 옆에 위치한 편의점에 들러 삼각김밥을 한 줄을 골라 계산대로 갖고 간다. 계산을 하는 동안 잠시 쳐다본 창밖에는 편의점 간판에서 뿜어져 나오는 빛을 제외하고 가로등 불빛이 유일하다. 계산한 삼각김밥을 손에 들고 나온 민재는 거리를 걷기 시작한다. 길의 중간쯤 다다랐을 때 어두운 건물들 사이에서 반쯤 내려온 셔터 사이로 어렴풋이 불빛이 나오는 곳을 발견한다.

민재 (건물 벽면의 작은 간판을 쳐다보며) 책? 서점인가? 이곳에 서점이 있었나?

건물 안에서 희미하게 웃음소리가 흘러나온다.

Cut to

어느새 서점 안으로 들어온 민재. 빛과 웃음이 흘러나오는 곳으로 가까이 가니 세 명이 책들 사이에 둘러앉아 와인과 아몬드를 먹고 있다. 갑자기 들어온 민재를 보고도 놀라지 않는 사람들은 어느 정도 취한 것 같다.

젤라 여기 앉아요. (호수의 허벅지를 살짝 찌르며) 옆으로 좀 가봐. 책도 좀 밀어두고.

민재　(멀뚱하게 서서) ….

소진　괜찮아요, 어서 앉아요. 우리도 이제 막 시작했어요.

친절하게 자리까지 내준 사람들의 호의를 거절하기 어려운 민재가 책장을 등지고 앉는다. 낯선 분위기에 눈을 이리저리 굴리는 민재.

소진　(민재를 빤히 쳐다보다가) 몇 호에 살아요?

민재　아, 여기 근처 학교에 다녀요. 카페 일이 끝나고 돌아가던 길에 빛이 보여서 와 봤어요.

젤라　우린 여기 살고 있어요.

소진　(젤라의 어깨를 장난스럽게 치며) 언니, 그렇게 얘기하면 이 책들 속에 살고 있는 사람처럼 보이잖아요.

호수　(잔을 들며) 그것도 틀린 말은 아니지.

젤라　미안해요. 와인을 좀 마셨더니. (잔에 있는 와인을 들이켜고) 우린 이 서점 위에 살아요. 코리빙하우스라고 알죠? 공유 주택.

민재　(신기하다는 듯) 실제로 살고 있는 사람들은 처음 만나 봐요.

여기저기서 날아드는 질문에 정신없는 민재가 앞에 놓인 아몬드를 쳐다본다. 그런 민재를 봤는지 소진이 아몬드를 한 움큼 쥐어 민재의 손 앞에 갖다 둔다. 조심스레 받아들고 아몬드를 한

알 입에 털어 넣는 민재. 그런 민재를 흐뭇하게 바라보는 젤라.

젤라 나도 여기에 당신처럼 우연히 왔었는데. 검은 거리에서 빛이 있는 곳은 여기뿐이었거든.

Cut to

말을 마치고 회상에 잠기는 것 같던 젤라가 남아 있는 술병의 와인을 모두의 잔에 나눠 따르고 건배를 외친다. 얼떨결에 세 사람과 같이 잔을 부딪친 민재. 그들의 정신없는 건배사에 자신도 모르게 픽 하고 웃음이 나온다.

소진 언니, 그때 처음 제이를 만난 거지? 걔가 뭐라고 했었다고?

젤라 (입에 머금고 있던 와인을 꿀꺽 삼키더니) 책 사이에서 와인 한잔 하겠냐고!

젤라의 말에 소진과 호수가 배꼽을 잡으며 깔깔거린다.

소진 그렇게 말하고 나서 와인 한 병이랑 책 다섯 권을 갖고 왔다고 했나?

호수 (민재를 쳐다보며) 아, 제이는 여기를 만든 사람이에요.

소진 언니, 제이가 그때 어떤 책을 줬는지 기억은

나요?

젤라 그... 9-1-1 하고 66....

소진 네?

젤라 그리고 박-78 하고 니은!

호수 미안해요. 이제 취기가 올라오나 봐요.

젤라 (민재를 똑바로 쳐다보며) 아니야, 안 취했어요. 청 8-1-8에 박-78 하고 시옷 책도 같이 줬다고!

호수 책 제목을 이야기해 줘야지. 그렇게 말하면 못 알아듣잖아.

젤라 (억울하다는 표정을 짓고) 제이가 준 책은 정상적인 표지가 하나도 없었어요. 원 제목이 뭔지 보이지도 않게 종이로 표지를 꽁꽁 감싸두고 그 위에 아까 얘기한 숫자랑 한글을 삐뚤빼뚤하게 적어놨어. 나도 처음엔 무슨 책인가 했다고!

소진 (생각하다가) 제이는 만나는 사람마다 같은 책을 추천해줬던 걸까?

알 수 없는 이야기를 듣다 보니 어느새 책장 뒤로 모르는 사람의 그림자가 가까워지고 있었다. 아직까지는 누구도 눈치채지 못한 것 같았다.

민재 저... 혹시 제이라는 사람이 저분인가요?

민재의 말에 일동 책장을 돌아본다.

일동 (모두 놀라며) 어! 어!

제이　　(손에 한가득 책을 들고 서 있다) 잘들 지냈어?

젤라　　진짜 제이가 맞아? (눈을 꿈뻑거리며) 나 진짜 헷갈려.

소진　　(고개를 좌우로 젓고) 그래! 딱 이런 순간이었어.

셈

등장인물

소희

연이

유정

장면

S #22 ~ #24

주어진 단어

양배추

차

벚꽃

22. 연이의 집 주방/ 낮

아직 낮이지만 저녁 식사를 위해 야채를 다듬고 있다. 도마 옆에 핸드폰을 두고 라디오처럼 스피커폰으로 돌려놓았다. 둘이 낄낄거리며 웃고 있다가 갑자기.

소희 이 동네 아줌마들은 너무 드세! 운동만 하고 집에 가면 되지, 무슨 말이 그리 많은지.

연이 (양배추를 썰고 있던 오른손을 잠시 멈추고 킥킥거리며) 아잇, 뭐 하루 이틀인가.

소희 아니, 전에 다니던 제유동 사람들은 안 그랬다니까? 처음 등록한 사람이 있으면 (말투를 흉내내며) '어머~ 처음 오니까 어색하죠?'라면서 말이라도 붙여줬는데 여기는 무슨....

연이 언니한테 말도 안 붙여요?

소희 말 붙이지.

연이 근데?

소희 '따로 남아서 더 연습하셔야겠어요~'라고 반장이 그러데.

연이 (웃음이 빵 터진) 새로 등록한 지 얼마나 됐다고!

소희 말을 해도 좋게 하면 되지. 지보다 내가 세 살이나 많은데! 사람들 앞에서 대놓고 그랬다니까. 전에 연이 엄마가 고청동에서 운동 다닐 때 거기서도 반장 했었다던데 맞아요?

인서트

도마 위 칼질을 멈춘 연이의 손과 양배추 조각들.

23-1. 고청동 다이어트 댄스 연습장/ 몽타주

20평 남짓한 공간에 40명이 조금 넘는 엄마들이 빼곡하게 자리를 잡고 서서 몸을 풀고 있다. 첫 등록일이라 카운터에서 건네받은 수건과 키를 가방에 쑤셔넣고 쭈뼛거리며 문을 열고 들어오는 연이를 발견한 유정.

유정 (문 앞에 있는 연이에게 다가가) 오늘 처음이죠?

연이 아... 네네.

유정 옷은 다 갈아입고 왔으니까 가방 옆에 두고 서기만 하면 되겠네. (옆을 둘러보며) 자리가....

맨 뒷줄에 서 있는 사람들이 서로 눈치만 보며 자리를 만들어주지 않는다.

유정 (웃으며) 아이 왜들 이러실까. 한 명 더 같이 선다고 좁아지지 않아요. (엄마들 사이로 팔을 벌리며) 자자, 여기에 자리 만들어 주자고요.

연이 (좌우에 있는 엄마들과 유정에게 연신 고개를 숙이며 인사한다.)

유정 이따가 운동 끝나고 나랑 차 한잔 해요.

강사　　반장, 아직 음악 준비 안 됐어요?

유정　　(손을 번쩍 들며) 지금 바로 틀러 갑니다.

23-2. 카페 안/ 낮

한 면이 모두 통창이라 바깥의 벚꽃이 생생하게 보인다. 이야기하느라 다 마시지도 않은 커피는 놔두고 갑자기 옆에 있던 휴대폰을 꺼내 드는 유정. 잠시 벚꽃을 바라보고 있던 연이를 찍는다.

유정　　(찰칵 셔터음이 난다.)

연이　　…나 찍은 거야?

유정　　(휴대폰 창을 보여주며) 언니, 이거 봐봐요. 너무 예뻐. 밖에 나가서 좀 찍을까?

연이　　아니야, 됐어.

유정　　아이, 그러면 여기서라도 찍지 뭐. (휴대폰을 들며) 여기 봐요! 너무 예쁘다!

연이　　(쑥스러워하며 휴대폰 렌즈를 쳐다본다.)

23-3. 길가/ 낮

마트에서 양손이 무겁게 장을 보고 나온 두 사람. 집까지 천천히 걸어가고 있다.

유정　　애들 아빠는 출장도 잦고, 애들은 다 컸다고 집에 있지도 않아. 유일하게 관계를 맺고 이야기 나눌

수 있는 곳이 모임이라니까. 나는 운동하는 게 너어무 즐거워요.

연이 그렇구나. 나는 아직까지 다른 엄마들이랑은 좀 어색해서.

유정 에이, 저도 처음엔 그랬죠. 근데 한두 번 밥 먹다 보면 친해져요. 그건 그렇고, 이번 주말에는 (캡처한 사진을 보여주며) 여기 카페에 가보면 어떨까 해요. 회원들도 좋아하려나?

연이 와, 잘 찾았네.

유정 그쵸? 근데 언니 옆집에 사는 민주 엄마 알아요? 지난주에 마트에서 그 엄마를 봤는데 세일하는 품목도 하나도 안 보고 왔나 봐. 그렇게 이것저것 막 넣으면 뭐 하러 직접 마트에 와요? 인터넷으로 시키면 되지. 그렇지 않아요?

연이 마음에 드는 물건이 많았거나, 필요한 게 많았던 거 아닐까?

유정 (손사래를 치며) 에이, 지지난주에도 마트에서 봤는데? 하여튼 사람이 조금 촌스러워. 언니, 친하게 지내지 말아요. 내가 보기엔 사람이 별루야.

연이 그런가? 나는 아직 말을 많이 안 해봐서.

23-4. 고청동 다이어트 댄스 연습장/ 아침

그새 사람이 더 많아져 어깨만 겨우 부딪치지 않을 정도로 빼곡하게 서 있는 사람들. 수업을 시작할 강사가 들어오기만을 기다리고 있는데 누군가 문을 박차고 씩씩대며 소리를 지른다.

민주 엄마 (얼굴이 울그락불그락) 야! 유정인가 뭔가, 왔어?

사람들 (웅성웅성) 수업 시작까지 1분밖에 안 남았는데 뭐야....

민주 엄마 유정인가 뭔가 어딨냐고요!

유정 (맨 앞줄에서 뒤쪽으로 천천히 걸어와) 무슨 일이세요?

민주 엄마 (눈을 빤히 쳐다보며) 네가 준형 엄마한테도 내 욕을 하고 수지 엄마한테도 내 얘기 하고 다녔다며? 너 뭔데? 너 나 잘 알어?

유정 (어이 없다는 듯이) 뭐, 틀린 소리 한 건 없는데요.

민주 엄마 (순식간에 유정의 머리채를 잡는다) 이게 진짜!

유정 어멋? 이 여자가 진짜!

사람들 아유, 좀 말려봐요! 강사님! 강사님!

Cut to

센터 로비에 머리가 헝클어진 채 앉아 있는 두 사람.

24. 연이의 집 거실/ 밤

소희가 꺼낸 유정과 민주 엄마의 이야기로 인해 아직까지 마음이 심란한 연이. 주방에서 물을 마시다가 손질하다 버린 양배추의 썩은 부분을 모아둔 쓰레기봉투를 들고 현관문으로 향해 문을 연다.

민주 엄마 어머? 연이니?
연이 (깜짝 놀라며) 민주 엄마?
민주 엄마 미안해. 들어가려던 길에 문이 열려서 혹시나 하고. 놀랐어? (손에 든 봉투를 보고) 쓰레기 버리러 가게?
연이 으응.
민주 엄마 그럼, 같이 가자. 할 말도 있고.

Cut to

쓰레기를 버리고 아파트 놀이터에 앉아 있는 연이와 민주 엄마.

민주 엄마 새로 옮긴 운동은 다닐 만해?
연이 아, 지금은 좀 쉬고 있어요. 그동안 너무 열심히 했나 봐. 다리가 아프더라고요.
민주 엄마 그렇구나. (잠시 정적이 흐르고) 오늘 유정이한테 전화가 왔어.
연이 …그래요?
민주 엄마 응. 우리 그때 그렇게 싸우고 나서 한 번도 안 봤잖아. 근데 오늘 걔가 뭐라는지 알아?

체크리스트

등장인물

엄마
봄이
얼룩이

장면

S #12 ~ #15

주어진 단어

수족냉증
배고픔
아침

12. 산 정상/ 낮

천천히 산 정상의 기념비 앞으로 다가서는 엄마.
손에 들었던 등산 스틱을 잠시 벽면에 세워두고
가방에 있던 봄이를 꺼내 바닥에 내려놓는다.
신이 나서 뛰어다니던 봄이가 갑자기 오른쪽
다리를 핥으며 절룩거린다. 그 모습을 본 엄마.

봄이 끼잉... 끼잉....

엄마 (발바닥을 살펴보며) 어머나! 이게 웬 가시야?
괜찮니?

사람들 (웅성웅성)

13. 털실 가게 안/ 낮

자신과 비슷한 크기의 강아지가 여럿 돌아다니고
있는 털실 가게. 색색의 털뭉치를 들었다 놨다
하며 집중하고 있는 엄마의 발치에 무지개색의
덧신을 신은 봄이가 서성인다.

엄마 (봄이를 바라보고 웃으며) 너 같은 강아지가 어디
있니?

직원 오랜만에 오셨네요. 저번에 사 가신 털실은 모두
괜찮았나요?

엄마 네. 부드러워서 봄이가 특히 좋아하더라고요.
뭉치 하나로 뜨개 덧신을 4개나 만들었어요.

직원 다행이네요. (가판대에 놓인 털실을 들어 올리며)

이번에 새로 나온 색이에요. 보라색과 빨간색도 있어요.

엄마 (직원이 건넨 실을 봄이의 발치에 대보고) 음… 괜찮네요. 혹시 초록색도 있나요?

직원 그럼요.

Cut to

털실 가게의 문을 잡고 서서 봄이가 나올 때까지 기다려주는 엄마. 손에 들린 봉투에서 초록색의 실이 삐죽삐죽하게 삐져나와 있다.

14. 거실/ 낮

비가 와서 그런지 점점 어두워지는 하늘. 이내 빗방울이 뚝뚝 떨어진다. 잠시 창밖을 보고 있던 봄이는 거실 의자에 앉아 뜨개를 하고 있는 엄마에게 다가간다.

봄이 (엄마의 원피스 자락을 물며) 끼잉….

엄마 얘가 왜 이래? 옷을 끌어당기고.

봄이 (현관문 쪽으로 옷을 계속 잡아끈다.) ….

엄마 그래, 알았다. 어디로 가보고 싶은 거니?

Cut to

엄마가 떠준 뜨개 덧신을 신고 앞장서서 걸어가는 봄이. 이윽고 마을의 큰 사거리에 위치한 마트의 길가 쓰레기 더미 앞에 뒤집어져 놓여 있는 택배 상자 앞에 멈춰 선다. 잠시 뒤 도착한 엄마가 상자를 젖혔다.

엄마 (흠칫 놀라며 봄이를 쳐다보고) 얘가 네가 본 애니?

봄이 끼잉....

엄마 아직 너무 어린데.... 명절이라 며칠은 이 근방에 아무도 없을 텐데 큰일이구나.

엄마가 주먹을 꼭 쥐었을 때와 같은 크기의 작은 강아지는 아직 눈도 뜨지 못한다. 계속 내리고 있는 비를 조금 맞고 있는 강아지. 봄이와 엄마는 서로를 번갈아가며 쳐다본다.

Cut to

어느새 목욕을 하고 거실에 쌓아둔 따뜻한 수건 더미에 누워 있는 강아지. 아직 눈을 뜨진 못했고 가끔 기침을 한다. 봄이는 강아지를 주시하며 수건 더미 아래에 자신의 앞발을 넣어둔 모습. 강아지가 잠든 것을 보고 그 앞에 우유 접시를 조용히 내려두고 소파에 털썩 앉는 엄마.

엄마 (봄이를 보며) 내가 너 때문에 차암 일이 많다.

봄이 끼잉....

엄마 (피식 웃고는) 우리 이 아이에게 잠깐 이름이라도 붙여줄까? 얼룩이 어때? 코의 반점이 꽤나 얼룩덜룩해 보이는구나.

봄이 왕!

15. 동물병원/ 아침

양손에 케이지를 든 엄마가 병원 접수대 앞에 선다. 익숙한 얼굴이라는 듯 간호사는 반갑게 인사를 건넨다.

간호사 어머, 웬 새끼 강아지예요?

엄마 지난주에 사거리 마트 앞 상자에 버려져 있더라고요. 비가 많이 와서 일단 데려왔어요.

간호사 그랬군요. 고생하셨어요. 검사는 천천히 진행해볼게요.

엄마 네, 감사합니다.

간호사 그나저나 그 소식 들으셨어요? 장씨 아줌마요. 키우던 개가 또 없어졌다네요. 지난주 내내 병원에 오셔서 대성통곡을 하고 가셨어요.

엄마 그래요? 이상하네요....

폭주

등장인물

재원

은우

하준

장면

S #3 ~ #5

주어진 단어

쾌락

도파민

음악

3. 영창고속도로 휴게소/ 밤

화장실 표지판에서 나오는 불빛을 제외하고 겨우 7대 정도만 주차되어 있는 휴게소. 재원은 시동만 켜두고 차 안에 앉아 이어폰을 끼고 눈을 감고 음악을 듣고 있다. 갑자기 차창을 두드리는 소리가 난다.

은우　(똑똑똑)

재원　(창문을 내리며 의아한 표정을 짓는다.)

은우　뭐 듣고 있어요?

재원　(오른쪽 이어폰을 빼고) 네?

은우　아니 앞에서 상향등을 몇 번이나 껐다 켰다 했는데 모르길래.

하준　뭐 해?

은우　아니 얘 좀 봐. 운전하는 애가 차 안에서 스피커 놔두고 이어폰으로 음악을 들어.

하준　(창문 안으로 머리를 살짝 들이밀며) 스피커 고장 났어요? 우리가 좀 봐줄까요? (은우를 가리키며) 얘가 튜닝 전문인데.

재원　....

4. 영창고속도로/ 몽타주

페이드인

아무도 없는 고속도로를 달리고 있는 재원의 차.

빠르게 지나간 표지판에는 북쪽을 가리키는 'N'이 큼지막하게 박혀 있다. 풀액셀을 밟던 재원은 내비게이션에 표시된 시간과 거리를 힐끗 보고 4차선으로 빠져 휴게소에 진입한다.

재원 (V.O) 걔들은 오늘도 있네. 동호회인가? (힐끗 보고) 생각보다 많이 어려 보이네. 뭐야, 한 차에 4명씩 타 있는 거야? 많이도 있네. 나 쳐다본 건가? 화장실만 갔다가 빨리 가야지.

창문을 살짝 열어둔 탓에 그들 사이를 지나갈 때 말소리가 들린다.

아이들 ...야야, 오늘은 살살 하자. 명절에나 신나게 해보자고.

페이드아웃

5. 영창고속도로 휴게소/ 새벽

몇 마디 이야기를 나누더니 하준은 다시 차로 돌아갔다. 은우는 아직 창문을 내리고 앉아 있는 재원을 쳐다보고 있다.

아이들 (멀리서 외친다.) 야 뭐 해? 다들 곧 도착한대!

은우 (고개를 끄덕이며) 알았어. 팁이 필요한가 싶어서

말이나 걸어보는 중. (고개를 돌려 재원을 쳐다보고)
어떻게, 생각 있어요?

그 사이에 입구에서부터 팝콘 튀기는
듯한 엔진 소리를 내며 요란스럽게 차들이
들어온다. 낮에 우연히 들른 휴게소 주차장의
끄트머리에서 열심히 튜닝을 하고 있던 차다.
은우는 아는 사람인 듯 힘차게 손을 흔든다.

은우　아, 저 소리 들을 때마다 쾌락 쩔어.
하준　(은우를 향해 소리친다.) 저놈 재촉한다! 야야,
준비해!
은우　이거 물려받은 차예요? 아님 중고? (재원의 차창
안으로 머리를 들이밀며) 차 관리를 잘했네. 안에
몇 개만 튜닝하면 집에 있는 스피커를 갖다 둔
것처럼 느껴질걸요? 진짜 해볼 생각 없어요?
재원　(고개를 저으며) 아니요. 지금도 괜찮아요.
은우　음... 그럼 오늘 시합에 참여하는 건요?
하준　(은우의 어깨를 치며) 야 팀원도 아닌데 무슨
시합이야. 말이 되는 소릴 해.
은우　우리도 지금쯤이면 뉴페이스를 받을 때가 됐지.
하준　(미심쩍은 듯이 재원을 쳐다보며) 진짜 생각 있어요?

재원　(V.O) 시합이면 나도 엔진으로 팝콘을 튀겨야
하는 건가. 운전은 자신 있는데, 시합의 룰은
뭐지? 영창고속도로에는 속도 제한이 있는 구간이

많은데 한 달 뒤에 위반 고지서만 왕창 날아오는 거 아니야?

재원 그럼 제 옆에도 누가 타나요?
은우 오 생각 있어요? 오늘은 첫날이니까 (하준을 쳐다보며) 내가 옆에 탈게. 너네는 영재 차로 가고.
하준 알았어. 규칙 잘 설명해줘.

Cut to

휴게소의 출구 바로 앞에 위치한 주차선에 재원과 영재의 차가 나란히 서 있다. 영재가 운전석에서 창문을 내리자 은우가 조수석의 창문을 내린다.

영재 시합이라고 해서 규정 속도 안 지키는 거 아니에요. 카메라 앞에서 꼭 속도 낮추라고요. (살짝 비웃으며) 딱지 날아와도 우린 책임 없어요!
은우 야야, 겁 그만 줘. 아까 다 설명해줬어. (창문을 올리고 재원을 바라보며) 저는 은우예요. 이은우.
재원 저는 도재원이에요.
은우 (사색이 된다) ….
재원 (긴장한 듯 차 안의 전자시계를 바라본다. 시계는 아직 59분을 나타내고 있다.)
은우 …형 있어요?
재원 (뒤에서 클랙슨을 눌러대는 차들 때문에 정신이 없다.)
은우 (재원의 오른팔을 툭 치며) 형 있냐고!

재원　(깜짝 놀라며) 있었어요!

아연실색하는 은우는 보이지도 않는지
시계의 숫자가 00분으로 바뀌자마자 액셀을 밟는
재원. 영재는 생각보다 빠른 재원의 차에 놀란 듯
어금니를 깨물며 액셀을 밟는다.

Cut to

몇 번의 위기를 넘기고 앞서 가고 있는
영재 차의 꽁무니를 부리나케 쫓아가고 있는
재원의 차. 은우는 출발한 이래로 한마디 말이
없다.

재원　(은우를 흘끗 쳐다보며) 왜요, 질 것 같아요?
은우　....
재원　반환점이 곧 보일 것 같은데 조언해줄 거 없어요?
원래 옆에 탄 사람은 이렇게 가만히 있는 건가?
은우　...최대한 크게 돌아. 영재는 회전 폭이 좁아서
살짝 미끄러질 거야. 그때를 노려.
재원　(액셀을 최대치로 밟는다.)

예상대로 전환점에서 영재의 차가 미끄러지자
곧이어 추월하는 재원.

재원　(신난 목소리로) 봤어요? 진짜 얘기한 대로네! 내가
이기겠어요!

은우 ....

재원 얘기만 들었는데 이렇게 신날 줄이야!

은우 (여전히 창밖만 바라보며) 형이랑 연락은 해요?

재원 아니요. (잠시 침묵을 지키다가) 집 나가서 안 돌아온 지 3년도 넘었어요.

은우 (입술을 지그시 깨문다) ....

재원 몰라요. (놀라며) ...지금 우는 거예요?

트레이싱

등장인물

이서

소정

도현

장면

S #7 ~ #10

주어진 단어

심장박동

리듬

파란색

7. 소정의 작업실/ 밤

방 주인의 성격을 닮은 듯 새하얀 벽과 침대, 스탠드를 제외하고 모든 물건이 가지런하게 정리되어 있다. 텅 빈 다섯 개의 침대 사이에 길쭉한 전신 거울을 놓고 그 앞에 골몰히 서 있는 두 사람.

소정 (이서의 반응을 살핀다.)

이서 아니야, 여기서 조금 위로 올라가면 좋겠어.

소정 (이서의 팔에 붙어 있던 종이를 떼고 다시 안쪽 방으로 들어간다.) ….

이서 ….

안쪽 방에서 다시 도안을 그려 나온 소정은 거울 앞에 서 있는 이서의 팔꿈치를 물티슈로 닦고 다시 종이를 붙인다. 이리저리 살펴보는 이서.

소정 (못마땅한 표정으로) 뒤에 다른 손님도 있어. 시간 내에 끝내려면 열 번 내로 시안 확정하든가, 아니면 다른 날 와서 넉넉하게 결정하든가.

이서 아니야. 오늘 할 거야. 마지막으로 한 번만 더 확인할게.

소정 그럼 위치 확정?

이서 (고개를 끄덕이며) …응.

소정 너 정말 이걸로 할 거지?

이서 응.

소정　(이서의 팔에 붙은 종이를 떼며) 근데 이거 무슨 그림이야?

간이 침대로 이서가 이동해 눕자 트롤리를 끌고 와 작은 염료와 비닐에 포장된 바늘을 꺼내는 소정. 도안을 대봤던 이서의 팔 위쪽으로 스탠드를 당겨 비춘다.

이서　파란색 심장을 본 적 있어?

소정　뭐?

이서　(베개에 얼굴을 파묻고) 나는 있어. 심장박동이 거세게 뛰니까 파란색 피가 돌아다니면서 붉은 혈관에 물들기 시작하는 거야.

소정　(바늘의 비닐 포장을 뜯고 있다.)

이서　파란색은 차가워 보이잖아. 근데 그 피는 전혀 차갑지 않았어. 오히려 따뜻했어. 희한하지?

소정　무슨 말을 하는 거야. 좀 자. 시작할게.

인서트

이서의 팔 위에 파란색 선으로 흐릿하게 스케치해 둔 심장 그림.

8. 기차역 앞 카페/ 낮

플래시백

항시 사람이 많은 카페지만 오늘은

주말인 데다 지역 행사까지 겹쳐 머물고 있는 사람이 배로 많아 정신이 없다. 문을 열고 들어가기도 전에 유리창 너머로 초록색 모자를 쓰고 노트북 화면을 응시하는 도현을 한눈에 알아본 이서. 문을 열고 카페 안으로 들어간다.

도현 (옆에 서 있는 인기척에 쳐다보며) 왔어?

이서 ....

도현 (노트북을 이서 쪽으로 돌리며) 방금 모든 편집이 끝났어. 한번 봐봐.

이서 (왼쪽 턱을 괴고 뾰루퉁한 얼굴로 화면을 쳐다본다.)

작은 노트북 화면을 계속 쳐다보고 있는 이서를 힐끗힐끗 쳐다보는 도현. 상영 시간 내내 등장하는 바다와 등장인물 세 사람이 전부인 영화는 이서가 이해하지 못하는 부분이 더 많았다. 마지막 엔딩 크레딧이 올라가기 직전 노트북의 스페이스 바를 누르고 일시정지를 하는 도현.

도현 어때?

이서 ...좋네.

도현 이해가 안 되는 부분은 없었어? 삭제된 장면이 꽤 많았거든.

이서 스탠드업 코미디 하는 배우의 장면이 제일 좋았어.

도현 (책상을 탁 치며) 맞아! 나도 그 장면이 제일 좋았어. 찍을 때 NG가 얼마나 났는지.

이서 (스페이스 바를 다시 눌러 멈춰 있던 영상을 재생하며) 엔딩 크레딧 올라가기 직전의 음악이 좋네.

이서, 감독과 스태프, 협찬사의 이름이 모두 나온 뒤 마지막에 자신의 이름이 삽입되어 있는 걸 보고 도현을 향해 눈을 동그랗게 뜬다.

도현 네 이름도 넣었어. 네가 많은 도움을 줬으니까.

이서 ....

9. 소정의 작업실/ 밤

그림 속을 채울 파란색 염료 통과 새로운 바늘을 꺼내고 있는 소정.

소정 ...아파?

이서 아냐.

소정 (피부에서 바늘을 떼며) 귀가 빨간데? 울어?

이서 아니야.

소정 ...아프면 이야기하고.

인서트

거의 완성되어 가는 팔의 타투.

10. 충무로의 한 서점/ 낮

평일 낮이라 서점에는 따뜻한 햇볕과 주인을 제외하고 아무도 없어 조용하다. 돌아다니며 책을 보다가 세 권을 골라 계산대로 들고 가는 이서. 살짝 졸고 있던 주인은 계산을 하다가 이서를 알아본다.

주인 (반가운 표정으로) 어? 오랜만에 오셨네요.

이서 네, 안녕하셨어요?

주인 변함없이 똑같죠.

이서 그새 책이 더 많아진 것 같아요.

주인 제가 읽고 싶은 책들도 많이 갖다 놨어요. (고른 책을 포장봉투에 넣으며) 이 책들도 무척 좋아하고요.

이서 네.

주인 (이서를 빤히 바라보다가) 아! 그거 전해달랬는데. 너무 오랜만이라 잊고 있었네.

서랍을 뒤지다가 못 찾았는지 책상 아래로 들어가 부스럭거리며 무언가를 찾는다. 곧이어 작은 쪽지를 꺼내 이서에게 건넨다.

주인 생각나면 전해달라고 했었는데 깜빡 잊고 있었어요.

이서 이게 뭐예요?

주인 아는 사람 아니에요? 키가 굉장히 큰

남자분이었는데 서점에 와서 대뜸, 이서 씨가 오면 이걸 건네줄 수 있겠냐며 그걸 건네고는 책을 한가득 사 갔어요. 그 안의 내용은 나도 모르고.

이서 …그게 언제라고요?

주인 한 6개월 전인가… 더 된 것 같기도 하고.

서점 문을 닫고 계단을 내려가다가 갑자기 짐을 바닥에 내려두고 바지 주머니에 넣었던 쪽지를 꺼내 열어보는 이서.

이서 (V.O) …하나도 변한 게 없구나, 너는.

페이드아웃

경사면

등장인물

미주

엄마

선우

장면

S #11 ~ #13

주어진 단어

혼인신고

보험료

차

11. 구청 안/ 낮

사람들 사이 혼인신고서 종이에 한 자씩 정성스럽게 적고 있는 미주의 모습. 그 뒤에 폐차 신고서라 적힌 기입하지 않은 빈 종이를 들고 서 있는 그녀의 엄마.

엄마 (눈치를 보며) 미주야... 다시 한 번 생각을....

미주 (말이 끝나기도 전에) 차 얘기는 꺼내지도 마.

엄마 아니, 그게 남의 차도 아니고....

미주 똑같은 소리 여러 번 하게 만들지 마. 듣고 싶지 않아.

엄마 (소리를 지르며) 얘!

높아진 언성에 구청 안에 있는 사람들의 이목이 집중됐다. 주변의 눈치를 의식했는지 두 사람은 다시 각자의 종이를 들여다본다.

엄마 보험료는 내가 매달 낼게.

미주 폐차하면 보험료 안 내도 돼. 그 돈도 아끼면 되겠네.

엄마 (발끈하며) 지금 돈 아끼자고 그래? 아직 멀쩡한데 폐차를 왜 해?

미주 (쓰고 있던 펜을 내려두고 째려보며) 그 차가 멀쩡해 보여? 언덕에서 미끄러지고 브레이크 소리도 나고! 그 차를 운전할 사람이 이 집에 누가 있어? 왜 되지도 않는 고집을 부려?

주차를 하느라 밖에 있던 선우가 높아지는 언성에 다급히 달려온다.

선우　아유, 장모님. 우리 집에 가서 얘기해요. 집에 가서. (창구 직원에게) 혼인신고서 여기에 내면 되죠?

미주　이거 놔봐, 오빠.

그새 폐차신고서 종이를 휴지통에 버리고 계단을 내려가는 엄마의 뒷모습.

선우　주차하신 곳 아시겠지?

미주　....

선우　우리도 이만 가자.

미주　창구에 카메라 두고 왔어. 갖고 가야 돼.

선우　(두리번거리며) 그래.

페이드아웃

12. 거실 전경/ 저녁

구름이 잔뜩 낀 날씨 덕분에 깊은 밤처럼 어둡다. 소파에 홀로 앉아 있는 엄마와 조금 떨어진 식탁에 앉아 있는 미주와 선우. 아무 말도 하지 않고 있는 세 사람 사이로 묘한 긴장감이 흐른다.

엄마 그 차가 너네를 태우고 다닌 게 벌써 십 년이데.

미주 다 지난 일이에요.

엄마 ...느그 아빠 차다.

미주 (소파에 앉아 있는 엄마를 노려보며) 그만 좀 해요. 평생 끼고 살 거예요? 사망신고서는 왜 매번 안 내고 돌아오는데? 그런다고 뭐가 달라져요? 내가 언제까지 마음에 짐을 안고 살아야 되냐고!

선우 (미주의 손을 잡으며) 미주야, 그만.

잠시 선우를 바라본 미주가 작게 심호흡을 한다.

미주 혼인신고서도 냈으니 자주 안 올 거예요. 그 일 해결될 때까지 아예 안 올 거야.

미주가 씩씩대며 의자에서 일어남과 동시에 집의 초인종이 울린다.

페이드아웃

13. 아파트 복도/ 밤

초인종을 누르고 얼마 지나지 않아 문이 열린다. 급하게 카디건을 걸치고 나온 미주는 미안한 얼굴을 하고 있다.

미주 미안해요. 늦은 밤에 시끄러웠죠?

수영 엄마 아니에요. 저야말로 늦은 시간에 불러 미안해요.

미주 무슨 일이에요?

수영 엄마 저... 306동 앞에 오랫동안 주차되어 있는 차... 미주네 거 맞죠?

미주 아... 이제 곧 폐차할 거예요. 신경 쓰였다면 미안해요.

수영 엄마 그게 아니고... 그 차, 제가 사도 될까요?

미주 (깜짝 놀라며) 네?

수영 엄마 제가 필요해서요.

미주 그 차 지금 정상이 아니에요. 오래돼서 고칠 수 없는 것도 많고요. 다른 중고차를 알아보는 게 나을 텐데 왜....

수영 엄마 그 차여야만 해서요. 꼭 부탁할게요.

인서트

아파트 복도에 서 있는 두 사람 멀리서 클로즈업.

페이드아웃

연기

등장인물

할머니

연수

장면

S #7 ~ #9

주어진 단어

물감

냉장고

수건

7. 할머니 집 거실 전경/ 낮

거실의 책상 위에 여러 장의 종이와 크레파스, 물감이 펼쳐져 있다.

연수　(2층에서 내려오며) 할머니, 아직도 준비하고 있어?

할머니　(콧노래를 흥얼거린다.)

연수　이번엔 무슨 이야기로 공연해요?

할머니　내 어렸을 적 이야기다.

연수　할머니의 옛날이야기? 3년 동안 한 번도 했던 적이 없잖아요.

할머니　흥흥흥.

연수　아니 언제 때 이야기인데요? (할머니의 옆구리를 살짝 찌르며) 짧게 얘기해줘요.

할머니　그냥 바닷가에서 살던 가족들이 산으로 오게 되면서 겪었던 이야기지.

연수　...?

할머니　연수야, 냉장고에서 파란색이랑 초록색 물감 좀 갖다 주렴.

Cut to

냉장고를 열고 야채 칸에서 능숙하게 파란색과 초록색을 꺼내는 연수. 칸을 다시 넣으려다 말고 쌓여 있는 물감 뒤쪽으로 축축하게 젖어 있는 수건 뭉치를 잠시 만져보더니 밖으로 꺼내 본다.

연수 (V.O) 이 빨간색 물은 뭐지? 물감이 터졌었나?

싱크대로 수건을 옮겨와 세제를 묻혀 열심히 문대고 집게를 꽂아 널어두고, 꺼낸 물감을 들고 거실로 걸어온다.

연수 할머니 여기.

할머니 (그리고 있는 그림에 정신이 팔려 있다.) 으응.

연수 근데 빨간색 물감은 안 써요? 사다 드려?

할머니 아냐, 충분해.

8. 할머니 집의 뒷마당/ 밤

오른손에는 호미를 들고 왼쪽 옆구리에는 소쿠리를 끼고 뒷마당을 걷고 있는 할머니 모습. 2분 정도 걸어가자 크고 작은 장독대가 가득한 곳이 나온다. 제일 끝에 있는 장독대로 성큼성큼 걸어간 할머니는 옆에 물건들을 내려두고 허리를 편다.

할머니 (V.O) 아이고. 오랜만에 하려니까 허리가 아프네. (소쿠리에서 액체가 가득 든 작은 김장통을 꺼내며) 장독 뚜껑 좀 고치자니까.... 금 갔네. 에이....

금이 간 장독 뚜껑을 아래에 내려 두고 가져온 김장통의 액체를 장독 안으로 들이붓는다. 액체의

색깔이 빨갛다 못해 시뻘겋다. 남김없이 다 넣었는지 확인한 뒤 소쿠리에서 손질한 게를 꺼내 그 안에 던져 넣는다.

할머니 (V.O) 숙성이 돼야 쓰지. 올해는 한 달이나 빨리 잡아서 넣었으니 내년까지는 쓰겠지.

콧노래를 부르며 소쿠리에 남아 있던 게를 모두 장독 안에 넣고 뚜껑을 닫는다. 장독 옆에 살며시 세워둔 호미를 들고 장독 옆을 얕게 파기 시작한다. 파인 구덩이에 소쿠리를 묻고 다시 흙으로 덮는다.

9. 할머니 집 거실 전경/ 낮

여전히 그림 그리기에 집중하고 있는 할머니 옆에 있던 연수는 할머니가 초록색 물감을 팔레트에 짜는 모습을 바라본다.

연수 할머니, 빨간색 사다 드린 지 좀 되지 않았어? 더 안 필요해?

할머니 (소리를 지르며) 작년에 많이 만들어놔서 차고 넘친다니까!

연수 갑자기 왜 소리를 질러요....

할머니 (태연하게 다시 그림을 그리며 중얼거린다.) ...빨간색은 언제든 구할 수 있어....

연수 무슨 소리야....

할머니 주방에 있는 뒷문을 열고 나가봐라. 첫 번째 장독으로. 아, 주방에서 스텐 그릇이랑 호미도 꼭 챙겨 가고.

연수 ....

할머니 ...연극이 얼마 안 남았어. 차영이는 오려면 아직 멀었냐?

페이드아웃

에너지의 양

등장인물

하은

수아

진영

장면

S #9 ~ #12

주어진 단어

남겨진 것들

그리움

낯설음

9. 오피스텔 안/ 낮

층고가 낮은 2층의 침대 위에 엎드린 채
핸드폰으로 열심히 뭔가를 보고 있는 하은.

하은 (V.O) …100리터짜리 쓰레기봉투 파는 곳…
아시는… 분… 됐다. 파는 곳은 많지 않은
것 같은데 찾는 사람들은 많이 있네. 어디…
20리터에 담자니 안 들어가요… 운서아파트
근처에 판매하는 곳이 있을까요… 이 정도면 이
동네에서는 안 파는 거 아닌가. 오늘 당장 버리고
싶은데….

엄지손가락으로 빠르게 스크롤을 내리는 하은.
갑자기 침대에 자세를 고쳐 앉는다.

하은 (V.O) …100리터 2장 나눔… 운서아파트 근처
미영슈퍼 앞에서 직거래 가능? 3분 전에 올라온
글…. (잠시 고개를 돌려 창밖을 바라보는)
눈이….

골똘히 생각하던 하은이 이내 댓글 창을 열어
답글을 단다.

하은 (V.O) 제가 2시까지… 갈게요….

몇 초가 지나지 않아 게시물 상단에 '예약중'이란

표시가 뜬다.

10. 미영슈퍼 앞/ 낮

전에 살던 곳에서 15분 정도 떨어진 곳이지만 처음 와보는 길처럼 낯설다. 패딩을 목 끝까지 올리고 고개를 푹 숙이고 걸어 도착한 미영슈퍼엔 '외출중'이라는 글씨가 쓰인 종이가 붙어 있고 아무도 없다. 그때 왼쪽 골목에서 검은색 패딩을 입은 사람이 걸어온다.

수아 …dksl12 아이디….

하은 아, 맞아요. 저예요.

수아 네. 여기 봉투요.

하은 감사합니다.

봉투의 장수를 세어보는 하은을 빤히 바라보는 수아.

수아 …따로 빼둔 것들 있죠?

하은 (눈이 동그래지며) 네?

수아 남겨놓은 거… 아니 남겨진 것들이요.

하은 ….

수아 돌아가면 모두 다 봉투에 담아서 버려요.
아무것도 남겨두지 말고요.

하은 ….

수아 (망설이는 하은을 보며) 지금은 물건이지만 나중엔 모두 그리움으로 변해요. 난 그랬어요.

하은 (봉투를 바라보며 생각에 잠긴다.)

인서트

손에 든 쓰레기봉투의 '100'이란 숫자 클로즈업.

11. 수아의 집 거실/ 몽타주

불을 켜지 않아 어두운 거실에 수아가 홀로 서 있다. 이내 작고 붉은 금붕어 다섯 마리가 유유히 물살을 헤치고 있는 어항으로 흰 봉투를 들고 다가가는 수아.

수아 (V.O) 얘들아, 봉투 안으로 어서 들어오렴. 거기에 계속 있다간 끝내 아플 거야.

금붕어를 모두 넣은 봉투를 주방 조리대에 잠시 올려두고 다시 망치를 들고 어항으로 다가가는 수아. 망치를 높게 들고 어항의 유리를 산산조각 내기 시작한다. 조리대에 세워둔 금붕어를 담은 봉투가 서서히 미끄러지더니 끝을 묶고 있는 고무줄이 풀어져 금붕어들이 조리대 배수구로 쏙쏙 빠진다.

페이드아웃

12. 하은의 오피스텔/ 낮

갖고 온 쓰레기봉투를 현관에 던져두고 2층으로 향하는 사다리로 걸어간다. 침대 머리맡에 놓여 있는 탁상시계를 꺼내 응시하는 하은.

하은　(V.O) 이것도... 버려야 할까. 이 정도는 괜찮지 않을까.

전화 진동 소리가 울린다.

하은　여보세요?
진영　어디야?
하은　집.
진영　이삿짐은 다 정리했어?
하은　많지도 않은데 뭘.
진영　...남아 있던 물건은 다 처분했지?
하은　이제 버리려고.
진영　...걔 다시 회사 나온다더라.

요동

등장인물

로랑

목소리

기자들

장면

S #2 ~ #5

주어진 단어

침전

진술

연대기

2. 물속

얼마나 내려왔는지 가늠이 되지 않는다. 고무줄 모자에 회색 수경을 쓰고 한쪽 귀에 이어폰을 꽂고 한없이 아래로 내려가고 있는 로랑. 잠시 수면 위를 쳐다보니 자신과 똑같은 수경을 쓴 흐릿한 형체들이 입을 모아 뻐끔거린다.

로랑 (V.O) 더 내려가라는 건가.

그때 이어폰에서 목소리가 들려온다.

목소리 역사에 길이 남을 만한 일입니다. 로랑, 우리의 실험은 성공했어요.

로랑 (발버둥을 멈추고 속으로 생각한다.) ...누구 역사에요? 제 역사인가요?

목소리 (로랑의 답변이 들린 듯이) 당신의 진술에 따라 달라지겠죠. 당신의 역사일지 사람들의 역사가 될지. 그건 판단하는 사람들의 몫입니다.

다시 아래로 내려가기 위해 부드럽게 발장구를 시작하는 로랑.

로랑 ...그 기준을 지금 바로 만들어 주자고....

목소리 안 됩니다. 바보같이 굴지 마세요.

로랑 ...내가 죄인이에요? 관심 없다고요. 난 내가 본 것을 그대로 말할 거예요.

목소리 당신이 본 것이 '맞다'는 확신을 사람들에게 어떻게 줄 겁니까?

인서트

점점 깊이 내려가는 로랑의 뒷모습.

페이드아웃

3. 오로제약회사 실험실 안/ 낮

플래시백

흰색의 인테리어는 여전하지만 여느 딱딱한 실험실의 모습과는 다른 분위기의 오로제약회사 실험실 내부. 등받이에 깊이 기대 있는 로랑은 신발을 벗어두고 눈을 감은 채 누군가를 기다리고 있다. 이어 유리문을 열고 들어온 의사가 창의 블라인드를 내린다.

의사 내일이군요.

로랑 (여전히 눈을 감고) 시합을 코앞에 둔 사람을 오라 가라 하다니.

의사 당신도 동의한 일이 아닙니까. (손에 들고 있던 스테인리스 통을 탁자 위에 내려두며) 완성은 한참 전에 되었어요. 적합한 자격을 갖춘 자를 찾는 일이 오래 걸렸어요. 이 실험은 인류에게 큰 신호탄이 될 겁니다.

로랑　(오른팔의 옷을 걷어 올리며) 효과는?
의사　(능숙하게 로랑의 오른팔에서 혈관을 찾아 주사를 놓는다.) 원할 때마다 언제든지.

주사를 주입하고 나서도 효과가 나타나지 않자 로랑이 의아한 얼굴로 의사를 쳐다본다.

의사　생각해요, 로랑. 당신이 원하는 걸.

잠시 의심의 눈초리로 쳐다보던 로랑은 눈을 감고 무언가를 골몰히 생각한다. 순간 로랑의 발가락에 갈퀴가 생기기 시작하더니 길쭉한 오리발 모양으로 커지기 시작한다.

로랑　와… 이거 걸릴 가능성은 없어?
의사　없어요. 100% 확률이에요.
로랑　(변신한 발을 쳐다보며) 대단한데….
의사　…다만 모든 부작용이 확인되진 않았어요. 내일 시합 전까지 조금이라도 몸에 이상이 있다면 이야기해줘야 합니다.

페이드아웃

4. 물속

목소리와 여전히 실랑이를 벌이고 있는 로랑.

로랑　이 약의 성능을 발휘한 건 나예요. 충분히 발표할 만하다고요.

목소리　아직 모든 부작용이 확인되지 않았습니다. 당신을 위해 만든 약이 아니에요. 사람들이 이걸 믿기 위해선 약간의 시간이 걸릴 거예요.

잡음이 들리더니 더 이상 이어폰에서 목소리가 들리지 않는다. 내려가던 것을 멈추고 방향을 돌려 잠시 위를 올려다보는 로랑. 수경을 고쳐 쓴다.

로랑　(V.O) 당장 위로 올라가고 싶어.

순식간에 갈퀴로 변한 발을 앞뒤로 살짝 움직이자 수면에 도달한다.

5. 시합장 - 물 밖/ 낮

로랑이 수면 위로 떠오르자 사람들의 환호 소리가 시합장을 가득 메운다. 기자들은 어느새 라인을 넘어 물속에 떠 있는 로랑에게 다급히 뛰어와 카메라 플래시를 터뜨린다.

기자 1　나왔다, 나왔어! 로랑 씨! 여기 좀 봐주세요. 질문 좀 드려도 될까요?

기자 2　폭발적인 스피드로 순위를 단숨에

올려두셨습니다. 세계 잠수 시합에서 전례가 없는 기록인데, 작년보다 월등히 좋아진 기록을 위한 특수 훈련이 있었습니까?

로랑 (물 밖으로 천천히 걸어 나오며) 눈이 부시네요. 플래시 좀 꺼주세요.

기자 3 로랑 씨, 여기 오늘의 예측 분석표가 보이나요? 한순간에 종이 쓰레기가 되었어요! 시합을 성공적으로 마치셨는데 지금 하고 싶은 말은 없습니까?

로랑 (수건으로 얼굴을 닦다 말고 멈칫한다.) ....

목소리 로랑 씨, 들려요? 당장 대기실로 오세요.

직원 로랑 씨, 대기실로 이동해주세요. 누군가 찾아왔어요.

로랑 (기자들의 카메라를 쳐다보고) 중대발표를 하나 할 거예요. 바로 지금.

기자 3 로랑 씨! 이 카메라에 대고 말해주세요!

패트로 자끄

등장인물

서준

예나

이현

장면

S #3 ~ #8

주어진 단어

하체

논문

찜닭

3. 연구동 복도/ 낮

한 손에 묵직한 보고서 파일을 들고 굳게 닫힌 파란색의 철문 앞에 서 있는 서준. 여섯 개의 암호를 차례로 입력하고 열린 문으로 들어가 끝없이 펼쳐진 복도와 각 연구실 문에 박혀 있는 네 자리 숫자를 바라본다.

서준 (V.O) 여긴 매일 와도 적응이 안 돼. 오늘은 길을 잃어버리지 않고 우리 연구실에 잘 도착해야 할 텐데.

선배 (F) 두 달이든, 이십 년이든 여기선 중요하지 않아. 자기가 하고 있는 연구와 관계된 사람 말고는 다른 연구원을 만날 일도, 일상을 외부로 공유할 일도 없으니까.

앞을 향해 걷다가 힐끗 쳐다본 옆 연구실 문에 아직도 'Z'가 박혀 있다.

서준 (V.O) 방금까지 'R'로 시작하지 않았나? 또 길을 잃었어.

인서트

하얀 천장과 바닥, 벽, 파란색 철문 사이에 홀로 서 있는 서준의 뒷모습.

4. 회의실 안/ 낮

플래시백

방금 회의를 마쳤는지 탁자 위에는 자리마다 먹다 남은 물병이 놓여 있다. 맨 뒷자리에 앉아 있는 서준과 그 옆에서 화를 내고 있는 예나.

예나 (소리를 지르며) 그 먼 곳에서 외부와 단절하고 이상한 연구만 해야 된다고. 꼭 네가 갈 필요 없잖아. 너희 팀의 철민이! 철민이를 수석 연구원으로 보내도 되잖아. 왜 너여야 해?

서준 2년만 연구하고 다시 이곳으로 발령받기로 했어. 나한텐 좋은 기회야.

예나 (애원하듯) 제발 안 간다고 해줘, 서준아. 거기에 갔다가 다시 돌아온 연구원이 없는 거 너도 알잖아!

서준 ….

예나 우리 지금 하고 있는 연구에 집중해서 다른 곳으로 옮기자. 어때? 응?

서준 내가 선택했어. 오히려 지금 우리가 하고 있는 연구에 훨씬 도움이 될 거야. 2년만 기다려줘.

예나 서준아!

더 이상 말이 통하지 않는지 참고 있던 눈물을 터뜨리며 회의실을 뛰쳐나가는 예나.

페이드아웃

5. 연구동 복도/ 낮

아직도 'Z' 연구실 복도를 걷고 있는 서준. 숫자가 계속 늘어나는 것을 보며 걷다가 선배가 한 말을 떠올린다.

서준 (보고서를 내밀며) 연구 결과들은 어디에 사용되는 겁니까?

선배 네가 그 말을 하니까 이제 두 달 차인 게 실감이 난다. (서준의 눈을 쳐다보며) 의문을 갖지 말고, 궁금해하지도 말아.

서준 우리는 지금 무슨 연구를 하고 있는 겁니까? 단순한 파일 정리만 할 뿐 연구 주제나 대상에 대해서도 이야기해 주지 않잖아요, 선배는....

선배 (딴짓을 하며) 아 배고파. 맞다. 너 연구동에서 길 잃어버리지 마라. 다니던 길을 기억해도 매일 연구실의 위치와 숫자가 바뀌니까 다른 길로 샐 생각조차 하지 말고. (한쪽 입꼬리를 올리며) 아무도 널 발견하지 못할 수도 있거든. 밥이나 먹으러 가자. 오늘 찜닭이래.

서준 ....

선배 네가 하는 모든 일이 연구에 큰 도움이 되고 있으니 의심하지 말아. 밥 먹고 생활동에서 헬스

콜?

페이드아웃

6. 연구동 복도 중간/ 낮

같은 곳을 계속 걷고 있으니 속이 점차 울렁거리는 서준. 손에서 땀이 나는 바람에 파일이 점점 축축하게 젖어든다. 점점 혼미해져 오는 정신을 부여잡고 곧 구토를 할 듯 왼손으로 입을 틀어막는다.

서준 (V.O) 진짜 토할 것 같아.... 사람... 제발 누구라도....

손이 닿는 곳에 있는 연구실 문의 손잡이를 돌리고 쓰러지는 서준.

Cut to

연구실 문에 쓰여 있는 'Z-237' 숫자 클로즈업.

Cut to

문고리에 한 손을 걸치고 머리를 기댄 채 감겨오는 눈을 부릅뜨는 서준 얼굴.

Cut to

열린 문틈으로 가운을 입고 머리를
노랗게 물들인 연구원이 전화를 하는 모습.

서준 (V.O) 여기서는... 전화가... 안된다고 들었는데....

희미해져 가는 서준의 의식처럼 뿌예지는 화면.

페이드아웃

7. Z-237 연구실 안/ 낮

손에 들고 있던 종이 뭉치가 한껏 구겨져 있다.
귀에 대고 있는 전화기에 빨려 들어갈 듯 눈을
동그랗게 뜨고 말도 안 된다는 표정을 짓고 있는
이현. 옆에 쓰러져 있는 서준의 존재를 아직
눈치채지 못했다.

이현 (잠자코 듣고 있다가 참을 수 없다는 듯) 다시 사랑할
수 없을 것 같다고 했잖아요! 근데 어떻게
새로운 사람을 만나게 된 거죠? ...이전과 같은
사랑인가요?

수신자 ....

이현 새로운 사랑이라고요? 아니 어떻게... 어떻게
새로운 사랑을 할 수가 있어요? 그게 사랑이
확실해요? 1년 전에 나에게 했던 보고와

다르잖아요. (점점 언성이 높아진다.) 이러면 실험을 다시 시작해야 해요. 결과를 도출할 수가 없다고요!

Cut to

책상을 내리치며 소리를 지르는 이현의 모습.

Cut to

정신이 없는 와중에 드문드문 들려오는 이야기를 듣고 있는 서준.

서준 (V.O) 저거... 패트로 자끄의 이야기 아닌가?

Cut to

손에 들고 있던 종이 뭉치를 바닥으로 던져버리는 이현.

페이드아웃

8. 서준의 연구실 안/ 낮

플래시백

선배가 문을 열고 품에 한가득 안고 온 실험 파일을 책상 위에 힘겹게 내려놓는다.

선배 지금 하고 있는 실험 모두 중단해. (실험 파일 속에서 종이를 꺼내며) 이거부터 시작해야 돼.

서준 (다가와서 종이의 내용을 살펴보며) 이 사람에 대한 실험인가요, 아니면 관찰?

말을 마치고 종이를 몇 장 더 넘겨보던 서준은 어깨까지 내려오는 곱슬머리의 남성 사진을 들어 올려 선배에게 보여준다.

선배 맞아. 이름은 패트로. 다른 곳에서 실험하다가 우리 연구동으로 이관됐어. (고개를 저으며) 거기서 포기했대. 실험 결과가 도출이 안 된다고.

서준 그래요?

선배 근데 전 연구실에서 이 실험을 아직도 못 놓는 연구원이 한 명 있대. 걔만 몰래 연구를 지속하고 있나 봐. 하여튼 우리가 먼저 결과를 도출해보자고.

초록빛

등장인물

현호

수연

준수

장면

S #5 ~ #6

주어진 단어

축구

세월

꿀잠

5. 상담실 안/ 오전

넓은 상담실에 각자 자리하고 있는 두 사람.
무료한 표정으로 차트만 바라보고 있는 수연과
조잘조잘 신나게 떠들고 있는 현호의 모습.

현호 (신이 난) 선생님, 제가 어제 완전 꿀잠을 잤거든요? 짧은 휴식 시간이었는데 아주 깊게 잤어요. 근데 꿈에서 제가 뭘 했게요? (코를 벌렁거리며) 축구! 축구 들어봤어요? 운동장을 막 누비면서 뛰어다니는 거! 옆에 동료들도 같이 뛰고 있었어요. 진짜 축구 맞다니까요? 아, 그게 중요한 건 아니고. (발을 가리키며) 제 발에 공이 딱 붙어 있으니까 아무도 못 가져가더라고요. 근데 그거 들어본 적 있죠? 주마등! 죽기 직전에 그동안의 장면들이 빠르게 스쳐 지나가는 거! 엄마한테 여기 안 온다고 못되게 말대꾸하던 것까지 빠르게요! 그리고 생각이 멈췄을 때 오른발을 들어 공을 뻥 찼죠! 그때 꿈에서 깨어났어요!

수연 (작게 한숨을 쉬며) 현호야, 이제 초록색과 관련된 이야기는 하면 안 된다니까?

현호 (풀 죽은 채로) 그냥 공놀이 이야기인데요?

수연 안 돼. 축구도. (차트를 살펴보며) 네가 계속 초록색 얘기를 하고 다니니까 여기에 다시 왔잖니.

인서트

수연의 책상 위에 놓인 붉은 행성의 미니어처.

수연 (현호를 힐끗 보고) 아로돌 이야기… 알지?

현호 (팔을 괴고 책상 위에 엎드려 있다.) 네… 배웠어요.

수연 그래.

현호 ….

수연 (시계를 흘끗 쳐다보고) 그래서 골은 넣었어?

현호 (고개를 들고 다시 천진난만한 얼굴로) 그건 못 봤어요! 그래서 옛날 영상을 찾아보고 있는데 오늘은….

스피커 상담 시간 끝났습니다.

Cut to

손을 흔들며 나가는 현호와 뒤이어 들어오는 준수.

준수 (차트를 수연의 책상에 올려두며) 그때를 그리워하는 사람들의 이야기를 좀 들어줄 수도 있지. 아직 아이인데!

수연 요즘 누가 초록색 이야기를 해? 그러다 조사받아.

준수 (장난기 가득한 표정으로) 그럼 네가 몰래 키우고 있는 것도 잘 숨겨.

수연 (정색하며) 여기 상담실이야.

준수 흠흠. 하여튼 초록색에 대해 이야기하는 환자가 많이 늘었네. 이따 상담 끝나고 보자.

6. 상담실 안/ 밤

어느새 어둑해졌지만 수연의 상담실은 아직까지 불이 켜져 있다. 책상 아래에 깔려 있는 카펫이 반쯤 걷어져 있고 바닥에 뚫린 작은 문 안으로 좁은 계단이 보인다. 손에 식물을 들고 계단을 올라오던 수연은 인기척을 느낀다.

수연　(V.O) 이 시간에 상담실을 방문할 사람이 없는데... 발소리가 두 사람... 누구지?

사람 1　여기가 확실해?

사람 2　맞아요. 저번에 얼핏 맡았어요.

사람 1　그 말이 사실이어야 할 거야.

수연　(V.O) 사실? 평범한 상담사의 방에서 뭘 맡았다는 걸까.

사람 2　잠시만요. 아주 가까이서 다시 그 냄새가 나고 있어요.

사람 1　조금의 단서라도 찾아가야 해. 모두 기다리고 있어. 무슨 수를 써서라도 찾아내야 돼.

수연　(숨소리가 들리지 않게 입을 틀어막는다.) ....

사람 2　(책상을 가리키며) 저기... 저기서 냄새가 풍겨요.

문을 열고 누군가 들어온다.

준수　　수연아! (두 사람을 보고 천연덕스럽게 말을 건다.)
아니, 오늘 내담자 방문은 모두 끝났을 텐데. 두 분은 누구신가요?

사람 1　　아 오전에 상담을 하다가 물건을 잃어버려서 잠시 찾고 있었습니다.

준수　　그래도 주인 없는 방에 함부로 들어와서 찾으시면 안 되죠. 내일 오시죠.

사람 2　　(사람 1에게 눈짓을 찡긋한다) 저... 기억 안 나세요, 선생님?

준수　　... (깜짝 놀라며) 여기는 어떻게....

사람 2　　이번에 선생님께서도 이 일에 동참하셨다고 들었어요. 오랜만에 인사드려요.

준수　　아아....

이 페이지를 사진으로 찍어서
SNS DM으로 보내주세요.
편지를 발송해 드립니다!

www.instagram.com/ sah00247